토끼, 나무에 부딪치다

읽고 또 읽는 고전의 지혜

토끼, 나무에 부딪치다

최갑 엮음

풀빛미디어

토
끼,
나
무
에
부
딪
치
다
차
례

손님접대

정수동을 손님으로 청한 어느 집에서 식사를 내어 왔는데
고약하게도 잡곡밥 한 그릇과 해묵은 김치 한 종지뿐이었다.
그러자 정수동은 주인을 불러 말했다.
"여보시오, 대문간에 가면 내가 타고 온 나귀가 있을 것이오.
그러니 어서 가서 그 나귀를 잡아 오시오."
주인이 머쓱한 낯으로 대꾸했다.
"나귀를 잡으면 돌아갈 때는 뭘 타고 가시려구요?"
정수동이 태연스럽게 되받았다.
"아, 그거야 무슨 걱정이오.
이 집 닭장 안에 있는 닭을 타고 가면 되지요."
집주인은 할 수 없이 닭을 잡아 술과 함께 내놓았다.

모기를 위해 사람을 만들었는가

전자방은 제나라에서 대단한 세도가였다. 흔히 말하는 것처럼
그의 위세는 날아가는 새도 떨어뜨릴 만했다.
한 번은 그의 집에서 잔치를 열었는데 참석한 인원만 해도 천 명에
가까웠다. 잔치의 여흥이 한창 무르익어갈 때, 누군가가 전자방에게
물고기와 기러기를 바쳤다. 전자방은 평소대로 거만을 떨어댔다.
"하늘이 사람에게 베푸시는 은혜는 참으로 대단하오.
사람을 위해 온갖 것을 자라게 하고 또 물고기와
기러기 같은 새를 살게 하지 않는가."
모두들 지당한 말씀이라고 아부할 때였다.
열두어 살쯤 되어 보이는 소년이 불쑥 끼여들었다.
"그 말은 옳지 않습니다. 하늘 아래에 있는 모든 생물은 한결같이
동등합니다. 조물주는 어느 것은 귀하고 어느 것은 천하게 만들지를
않았습니다. 다만 생각하는 지혜와 힘을 쓰는 방법에 차이가 있을
뿐입니다. 이를테면 큰 쪽이 작은 쪽의 생물을 잡아먹는 것뿐입니다.
그렇다고 하여 지혜가 부족한 생물이 지혜가 충만한 생물에게
잡아먹히기 위해 있는 것은 아닙니다.
사람이 생물을 잡아먹는다고 해서 어찌 하늘이 사람을 위해
생물을 만들었다고 말할 수가 있겠습니까?
이를테면 모기가 사람의 피를 빨아 먹으니 모기를 위해
사람을 만들고 호랑이를 위해 토끼나 이리를 만들었다고
생각할 수 있겠습니까?"

자루 속에 든 송곳

전국 시대 조나라의 왕족인 평원군(平原君)은 재상 자리에 있어
그 휘하에 있는 식객만도 수천 명이었다.
어느 날 강대국 진나라가 조나라를 공격하자 평원군은 초나라로
구원을 청하러 가게 되었다. 평원군은 문무를 겸비한 스무 명을
선발하여 데리고 가려 했는데, 열아홉 명은 뽑았으나 마지막 한 명을
정하지 못해 고심중이었다. 이때 모수(毛遂)라는 자가 스스로를
추천하고 나섰다. 그러자 평원군이 말했다.
"인물을 평함에 있어서, 당사자가 어떤 일을 하더라도 그 평가는 많은
사람들의 입에 오르내리게 마련이네. 하지만 내 자네가 문무에
뛰어나다는 말을 들은 적이 없네. 또 지혜가 있는 자라면 그대에 대한
평가가 마치 자루 속에 든 송곳과 같아서 아무리 감추려 해도 금방
알게 될 터인데 어느 누구도 자네에 대해 얘기하지 않았네."
모수가 말했다.
"뛰어난 인물이 자루 속에 든 송곳과 같다면, 그 자루 속에
나를 넣어 주지 않았기 때문입니다. 만약 자루 속에 넣어 준다면
아마도 그 끝은 자루를 뚫고 나올 것입니다."
측근들이 모수의 중용을 반대했지만 평원군은
그의 호언장담을 믿고 일행 속에 끼워 주었다.
과연 그는 초나라에 가서 큰공을 세워 평원군의 믿음에 보답하였다.

안영의 지혜

춘추 시대 말 제나라에 안영이라는 재상이 있었다.
어느 때인가 초나라의 영왕이 그를 초청했다. 온 중원 천지에
이름이 퍼진 그이고 보니 영왕은 그를 한 번 만나 코를 납작하게
해주고 싶은 충동이 일었다.
서로의 수인사가 끝난 후 영왕이 말했다.
"제나라에는 사람이 많습니까?"
"많지요."
"그래요? 그것 참 이상하군요. 그토록 사람이 많은데
어떻게 키가 작은 당신이 사신으로 왔습니까?"
안영이 태연하게 상대의 말을 받았다.
"저희 나라에서는 사신을 보낼 때 상대편 나라에 맞는 사람을 보내는
관례가 있습니다. 작은 나라에는 작은 사람을, 큰 나라에는 큰 사람을
보내는데 소신은 그 중 작은 편에 속하기 때문에 초나라에 왔습니다."
그때 관원 한 사람이 죄인을 끌고 지나갔다. 영왕이 관원에게 물었다.
"여봐라, 그 죄인은 어느 나라에서 왔느냐?"
"제나라 사람이온데 물건을 훔친 탓에 잡혀 왔습니다."
영왕이 안영에게 핀잔 주듯 물었다.
"그래, 제나라 사람은 본시 도둑질을 잘하오?"
안영이 태연하게 되받았다.

"강남에 있는 귤을 강북에 심으면 탱자가 되는 것은 아마도
토질 때문인 듯 싶습니다. 제나라 사람이 제나라에 있을 때에는
도둑질이 무엇인지 모르고 지내다 초나라에 와서 도둑질 한 것을 보면
역시 초나라의 풍토가 좋지 않은 모양입니다."
이를 들은 영왕은 잔치를 성대하게 열어 안영에게 사과했다.
"선생을 욕보일 생각은 없었습니다. 선생의 명성이 사해를 찌르므로
한 번 만나 보고 싶은 생각에 농을 한 것뿐입니다."

용무늬만 좋아하는 섭공

심저량(沈儲梁)은 춘추 시대 사람으로 섭현(葉縣)의 현령을
오랫동안 지냈기 때문에 사람들은 그를 섭공(葉公)이라고 불렀다.
그런데 섭공은 특이하게도 용을 무척 좋아했다. 그의 집에는
기둥이며 대들보, 또는 벽과 탁자 곳곳에 용의 그림이나 모양이
부조되어 있었다. 심지어는 의복이며 그릇에까지도 용 그림이
그려져 있었다. 그렇다 보니 섭공의 집에 들어가면
마치 용궁에 들어간 듯한 착각을 일으킬 정도였다.
소문은 금방 퍼져 중원 천지는 물론 수궁에 사는 용왕의 귀에까지
섭공의 소문이 들어가게 되었다. 섭공이 용을 좋아한다는 말을 듣자
용왕은 그를 한 번 찾아가 보기로 작정했다.
어느 날 용왕은 섭공의 집으로 향했다. 깊은 밤이었으므로
누구 하나 보는 사람이 없었다.
섭공의 집에 도착한 용왕은 창문을 통해 안으로 들어갔다.
섭공은 마침 거실에 있었다. 섭공은 갑자기 거대한 용 한 마리가
들어오는 것을 보자, 그만 너무 놀라 비명을 지르며 밖으로 뛰쳐나갔다.
"섭공이 용을 좋아한다더니 헛소문이었군."
용왕은 크게 실망하여 용궁으로 돌아가 버렸다.

사람으로 태어난 즐거움

어느 날 공자는 노나라의 태산에 유람을 갔다가 누군가가
노래를 부르며 가는 것을 보고 제자들에게 알아 오게 하였다.
제자는 돌아와 그 사람은 영계기(榮啓期)라고 말했다.
공자가 그를 가까이 데려오게 하여 차림새를 보니
그는 사슴 가죽으로 만든 옷을 입고 새끼줄로 허리끈을 질끈
동여맨 채 거문고를 들고 있었다. 공자가 그에게 물었다.
"선생께서 즐거워하는 까닭은 무엇입니까?"
"나의 즐거움은 많지요. 하늘이 만물을 낼 때에 사람만이 귀한
존재가 아니겠습니까. 그런데 내가 사람으로 태어났으니
이것이 바로 첫째 가는 즐거움이요, 그 다음이 사람을 남녀로
구분하는데 남자로 태어났으니 이것이 둘째 가는 즐거움인 게지요.
또한 사람이 태어나면서 해와 달이 있는 줄도 모르고 강보에 싸인 채
죽는 이가 부지기수인데 이렇듯 90세가 되도록 살아 있으니
셋째 가는 즐거움인 것이오. 비록 가난하게 살더라도 도를 닦는
선비에게는 항용 있는 것이니 그 또한 당연한 일이며,
죽음이란 살아 있는 사람이 맞이하는 종말이니
비록 지금 죽는다 해도 근심할 게 어디 있습니까."

복자천의 깊은 뜻

공자의 제자 중에 복자천(宓子賤)이란 사람이 있었다. 그는 평소에
공자의 도덕 정치를 이루려는 이상을 세우고, 그것을 실행하기 위해
세세한 계획을 짜서 노나라 임금에게 올렸다. 하지만 그럴 때마다
주위에 있는 간신배들이 훼방을 놓아 결국 그의 의견은 묵살되고 말았다.
복자천은 하는 수 없이 단념을 하고 기회가 오기만을 기다렸다.
그러던 어느 날 그는 노공에게 다음과 같은 글을 올렸다.
〈……소신이 다스리고 있는 단보 땅에는 유능한 인재가 없어
다스리기에 심히 어려움이 많습니다.
왕께서 측근에 있는 유능한 두 사람만 보내 주시면
대왕의 은덕으로 지방이 잘 다스려질 것 같습니다…….〉
노공은 편지를 받은 즉시 관원 둘을 보내 주었다.
노공이 보낸 관원이 도착하자 복자천은 그들을 융숭하게 대접해 주었다.
그러고는 다음날부터 그들에게 문서 작성하는 일을 맡겼다.
며칠 후, 복자천은 그들에게 말했다.
"이 공문서는 급히 노공에게 보낼 것이니 조속히 작성토록 하시오."
복자천은 이렇게 말하고 나서 그들 옆에 앉아 문서 작성하는 것을
지켜보았다. 유능한 두 관원은 복자천의 지시를 받고 문장의 초안을
잡아 나갔다. 좋은 종이를 펼쳐 놓고, 먹을 간 다음 붓을 쥐고
글을 써 나가는데 웬일인지 복자천이 그들의 팔꿈치를 잡아당겼다.
두 관원이 복자천을 돌아보았으나 그는 모르는 척 시치미를 떼었다.

다시 붓을 고쳐 잡고 글을 쓰려는데 이번에도 복자천은 둘의 팔꿈치를
잡아당겼다. 이러고 보니 글은 엉망이 되어 버렸다. 울상이 된
두 관원이 글을 다 쓰고 나자 복자천이 핀잔을 주었다.
"무슨 글씨가 이렇듯 엉망이오. 글씨 하나 제대로 쓰지 못하는
사람들이 어찌 천하에 이름을 얻을 수 있었소."
두 관원은 어이없다는 듯 한동안 복자천을 빤히 바라보았다.
그리고 글씨를 망치게 한 것이 누군데 엉뚱하게 뒤집어씌우느냐는 듯
한숨을 지었다. 이런 사람과 일할 수 없다는 생각에 그들이
사직서를 쓰자 복자천은 오히려 큰소리로 그들을 책망했다.
"어서 물러가라. 글씨 하나 쓰지 못하는데 어떻게 나와 일을 하겠는가!
썩 물러들 가라!"
두 관원은 즉시 노공을 찾아가 하소연했다.
사건의 전말을 전해 들은 노공은 그제야 확연히 깨달았다.

집착은 고해苦海요 해탈은 선경仙境이다

수자타 동자(童子)는 땅이 많은 지주의 집에서 태어났다.
그가 성년이 되었을 때 할아버지가 돌아가셨는데, 슬픔이 유달리 컸던
그의 아버지는 할아버지를 화장한 후 정원에 탑을 세우고 유해를
그 안에 모셔 두었다. 그러고는 밖에 나갈 때면 항상 그 탑에 음식이며
꽃을 올려놓고 한바탕 통곡을 했다. 이를 본 수자타 동자는
아버지의 슬픔을 달래드려야겠다고 생각했다.
그때 하인이 뛰어와서 밭갈이 하던 소가 갑자기 죽었다고 하자
수자타 동자는 문득 좋은 생각이 떠올랐다.
그는 죽은 소 앞에 물과 풀을 놓아두고는 어서 먹으라고 채근했다.
지나가던 사람들이 이 모습을 보고 그의 아버지에게 이 사실을 알렸다.
"당신의 아들은 미친 게 분명합니다.
죽은 소에게 물과 풀을 갖다 주더니 먹으라고 소리치지 뭡니까?"
이 말을 들은 아버지는 급히 수자타에게 달려왔다.
"얘야, 어찌된 일이냐? 이미 목숨이 끊어진 소에게 풀을 먹으라고
하다니! 아무리 풀과 물을 줘도 죽은 소는 다시 일어나지 않는 법이다."
그러자 수자타가 말했다.
"아버님, 소의 머리가 그냥 있고 발과 꼬리도 그대로이니 분명 일어날
것입니다. 하지만 아버님, 할아버지는 머리도 없고 손발도 없습니다.
그런데도 흙탑 앞에서 우시는 아버님이야말로 어리석지 않습니까?"
지주는 그제야 정신이 번쩍 들었다.

궁중에는 봄만 오는가

어느 해 겨울, 사흘 동안 쉬지 않고 큰 눈이 내렸다.
제나라의 경공(景公)은 창 밖을 물끄러미 바라보며
천지를 하얗게 덮어 버린 설경에 취해 있었다.
소담스러운 눈송이가 하늘에서 떨어져 내리는 것을 경공은
어린애처럼 바라보았다. 그리고 앞으로 일 주일만 더 눈이 내린다면
천하는 온통 하얀 눈으로 덮여 신선들이 사는 설국(雪國)으로
변할 것이라는 생각에 빠져들었다.
그때 공무차 안자(晏子)가 들어오자 창 밖에서 눈길을 거두지 않은 채
경공이 말했다.
"요즘 날씨는 참으로 이상해. 사흘간이나 눈이 쏟아졌는데도
날씨가 이렇듯 포근하다니."
안자가 경공을 바라보니 그는 푹신한 의자 깊숙이 몸을 묻고
여우 털로 만든 옷을 칭칭 감고 있었다. 안자가 경공에게 되물었다.
"날씨가 정말 춥지 않습니까?"
경공은 고개를 끄덕이며 미소를 지었다.
그러자 안자의 혀끝에서 칼날 같은 직언이 떨어졌다.
"현명한 군주는 백성들이 어떻게 지내는지를 날마다 직접 확인한다고
들었습니다. 내 몸이 편하면 다른 사람이 불편한지를 생각했으며,
따뜻한 옷을 입으면 헐벗고 굶주린 백성들이 없는가를 걱정했습니다.
그러나 왕께서는 사흘이나 큰 눈이 내렸는데도 백성들의 곤궁한
살림살이에 대해서는 조금도 걱정을 하지 않는군요."
이 말에 경공은 얼굴이 붉어졌다.

조조의 임기응변

유비는 여포에게 공격을 당하여 서주 땅에서 소패(小沛)로
밀려났다가 나중에는 허창에 있는 조조에게 몸을 의탁하게 되었다.
조조는 허저에게 명하여 유비를 승상부로 데려오게 한 후,
후원에 있는 매실나무를 가리키며 말했다.
"저 매실을 보고 있노라니 지난해에 장수(張繡) 지방을 지날 때의 일이
생각나오."
조조는 지그시 눈을 감은 채 지난 일을 떠올렸다.
일 년 전에 조조는 장수 지방을 정벌하러 나갔다가 물이 떨어져
큰 곤욕을 치렀다. 병사들이 목이 말라 사기가 떨어졌을 때
조조는 한 가지 꾀를 생각해 냈다.
"들으라, 저 앞에는 시고 단 매실 나무 숲이 있다.
우리들은 충분히 목을 축일 수 있다!"
병사들은 상상만으로도 매실의 신맛에 진저리를 치며 한달음에
언덕을 향해 달려갔다. 이로 인해 병사들은 입 안에 침이 괴어
더 이상 갈증을 느끼지 않았고, 얼마 후에는 물이 흐르는 곳에 이르러
갈증을 해소할 수 있었다.

세 치 혀는 화근

송나라에 당앙이라는 재상이 있었다.
어느 날 송나라 왕은 당앙에게 물었다.
"나는 이제까지 죄지은 많은 사람들에게 벌을 내렸다.
어떤 죄인은 잔혹하게 죽이기도 했는데 사람들이 나를 두려워하지
않으니 그 이유를 알 수 없소."
당앙은 거침없이 대답했다.
"왕께서는 그동안 죄지은 사람에게만 벌을 내렸습니다.
그러나 지금부터는 죄를 짓지 않은 사람에게도 벌을 내리십시오.
그렇게 하시면 사람들은 전하를 두려워할 것입니다."
"음, 잘 알았소."
며칠 후, 왕은 당앙을 잡아들이라는 명령을 내렸다.
소스라치게 놀란 당앙이 왕에게 물었다.
"전하, 저는 이제까지 아무런 죄도 짓지 않았습니다.
그런데 무슨 연유로 저를 이렇게 핍박하십니까?"
"너는 어째 지난 일을 그렇게 잘 잊느냐.
얼마 전에 너는 죄 있는 자나 없는 자나 가리지 말고 벌을 내리라고
하지 않았느냐. 그런데 이제 와서 무슨 헛소리냐?"
결국 당앙은 부질없이 지껄인 말로 인해 목숨을 잃고 말았다.

죽음은 과연 슬픈 것인가

제나라의 경공이 하루는 우산이라는 곳으로 나들이를 갔다.
산 위에 올라 저잣거리를 내려다보던 왕이 갑자기 눈물을 흘렸다.
"참으로 애석한 일이다. 이토록 아름다운 나라를 두고
죽을 생각을 하니."
옆에 있는 신하들도 따라 눈물을 흘리는데 안자(晏子)만은
이 정경을 보고 웃고 있었다. 경공은 눈물을 훔치고 안자를 돌아보았다.
"나는 이곳에 와서 여러 대신들과 슬픔에 빠져 있는데
어찌 그대는 홀로 웃는가?"
안자가 대답했다.
"지금 왕께서는 장차 찾아올 죽음을 두려워하십니다만,
만약 죽음이 없다면 어찌 되겠습니까? 오래 전에 세상을 떠나신
여러 선왕들이 지금도 옥좌에 계실 것인데 어찌 왕께서 그 자리에
오르실 수 있었겠습니까. 사람은 어느 누구나 당연히 죽습니다.
그렇다고 무작정 살다가 죽음의 길로 들어서는 것은 아닙니다.
생전에 좋은 일을 많이 하여 뒷사람으로 하여금 좋은 덕을
이어받을 수 있도록 해야만 합니다. 그런데 지금 왕의 주변에는
아첨하는 자만이 있어 오히려 쓸데없는 걱정을 부추기고 있으니
그 신하들을 보고 소신이 웃은 것입니다."

오리 숫자 세기

이조 효종 때에 풍산 군수 이씨는 왕실 덕분에 군수가 되었다.
세상에 태어나 배운 것이라고는 하나 둘 세어서
둘을 짝 맞추는 것밖에 몰랐다.
그런데 그는 오리를 헤아릴 때 하나에서부터 시작하여
수십 마리까지 세어 가는 게 아니고 두 마리를 세어 한 쌍으로
계산하는 것이 고작이었다.
어느 날 하인이 오리 한 마리를 잡아먹었다.
이튿날 군수는 오리를 한 쌍씩 세어 나가다가 쌍이 맞지 않은 것을
알았다. 군수는 하인을 잡아다가 매질을 했다.
그리고 당장에 오리 한 마리를 채워 놓지 않으면
치도곤을 당할 것이라고 으름장을 놓았다.
다음날 하인은 또 한 마리의 오리를 잡아먹었다. 다시 오리의 수를
세어 본 군수는 그제야 주위 사람들에게 거만스럽게 말했다.
"형벌은 반드시 있어야 해.
어제 내가 매를 때렸더니 오늘은 이렇게 오리의 수가 맞지 않은가."

뒤집힌 수레 자국

전한의 제3대 황제인 문제의 신하 중에 가의*라는 재주꾼이 있었다.
문제는 그의 재주만을 보고 스무 살의 그에게 박사를 시켰다.
그는 문제에게 여러 가지로 헌책했다. 그 중에는 가장 오래된
하나라에서부터 진나라에 이르기까지 나름대로의 흥망 성쇠를
돌아보고 주변 제후들의 세력을 억제하여 국력을 기르는 문제를
거론한 것도 있다. 그 가운데는 이런 문장도 있었다.
〈앞 수레가 뒤집힌 자국은 뒤에 따라오는 수레에 대한 좋은 평가가
될 수 있습니다. 하은주(夏殷周) 시대에 나라가 태평한 이유를
우리는 잘 알고 있습니다. 그러나 그것은 오래가지 못했습니다.
또한 진나라가 일찍 망해 버린 것 또한 우리는 알고 있습니다.
나라의 존망이나 흥망 성쇠는 바로 여기에 있습니다.〉
문제는 가의의 말대로 어진 정치를 베풀었다.
농사를 장려하고 제후들의 영지를 삭감했으며
궁녀들이 치마를 질질 끌고 다니는 것을 금하였다.

* **賈誼** : 중국 전한의 학자·정치가. 문제에게 초빙되어 여러 가지 개혁안을 진언했으나 좌천되었다.

승냥이와 이리가 길을 막다

한나라 순제(順帝) 원년에 중앙 정부에서는 여덟 명의 강직한
신하들을 선발하였다. 이들은 황제의 명을 받들어 각 지방을 순회하며
부정을 저지른 자를 색출하여 엄한 벌을 내릴 작정이었다.
또 선행을 하고 덕을 쌓은 자는 따로 조정에 명단을 올려
표창할 수 있는 제도도 마련했다.
여덟 명의 특사들은 대부분 원로 중신들이었기 때문에 나이가 많았다.
다만 장강(張綱)이라는 관리만이 나이가 어리고 벼슬도 낮았으나
그는 청렴 강직하기로 조정에서 둘째 가라면 서러워할 위인이었기에
특사로 선발되었다.
황제의 명을 받은 특사들이 모두 임지로 떠나가는데 유달리 장강만은
직접 마차를 몰고 낙양성 밖에 여장을 풀었다.
어떻게 된 일이냐고 다른 사람들이 묻자 그는 태연스럽게 대답했다.
"승냥이와 이리가 길을 막고 있는데 어찌 여우와 살쾡이를
물 수 있겠습니까?"
장강의 말뜻은 다름이 아니었다. 지금 여덟 명의 특사가
각 지방으로 길을 떠났지만 부정부패의 원흉이 궁 안에 있는데,
그의 죄를 다스리지 않고 조무래기만 잡아 무엇하겠느냐는 뜻이었다.

사지 四知

양진은 관서 지방 출신으로 학문 연구에 정진하여 '관서의 공자' 라는
별칭을 얻을 정도였다.
양진이 동래군의 태수로 임명되어 부임지로 가는 도중에
창읍(昌邑)의 객사에서 묵고 있을 때였다.
밤이 꽤 깊었을 때 창읍 현령인 왕밀(王密)이 그를 찾아왔다.
"태수님 오랜만입니다. 저는 태수님께서 형주자사로 계실 때에
관리 등용 시험에 천거 해 준 왕밀입니다."
둘은 너무 반가운 나머지 시간 가는 줄 모르고 이야기 꽃을 피웠다.
한창 이야기가 즐겁게 이어지는 가운데 왕밀은 슬며시
황금 열냥을 꺼내 놓았다.
"갑작스럽게 소식을 들은 터라 이것을 가져왔습니다.
약소하나마 제 성의로 아시고 받아 주십시오."
양진은 온화한 목소리로 거절했다.
"나는 자네를 만나본 지 오래되었지만 자네가 어떤 사람이라는 것을
잊지 않고 있네. 그러나 자네는 약간의 시간이 지났다고
내가 어떤 사람이라는 것을 잊은 모양이네."
"아닙니다 태수님. 제가 어찌 태수님에 대해 잊을 리 있겠습니까.
제가 태수님에게 받은 은혜가 그만하기로 이렇듯 깊은 밤에
찾아온 것입니다. 지금은 밤이 깊은 데다가 태수님과 저뿐이니
소인이 드리는 옛정으로 여기고 받아 주십시오."

양진은 왕밀을 정면으로 쳐다보며 말했다.
"지금 방안에 자네와 나만 있으니 아는 사람이 없을 것이라 했네.
그러나 그것은 당치 않은 말이네. 먼저는 하늘이 아는 것이고,
그 다음은 땅이 아네. 또한 자네와 내가 알고 있으니
사지(四知)가 아닌가. 그러니 어서 갖고 돌아가게."
왕밀은 더 이상 말을 잇지 못하고 돌아갔다.
이후 양진의 청렴한 행동은 서상 사람들에게 널리 알려졌다.

황석공*의 소서

장량**이 우연히 '기' 라는 다리에 이르렀을 때였다.
공교롭게도 건너편에서 황색 옷을 입은 노인이 느릿하게 걸어오고
있었다. 노인은 다리의 중간쯤에 이르자 그만 신발을 아래로
떨어뜨렸다. 그런데 노인은 신발을 주울 생각은 하지도 않고
건너편에서 오고 있는 장량을 향해 소리쳤다.
"너는 다리 밑으로 내려가 신발을 주워 오너라."
장량은 약간 언짢았으나 아무 대꾸도 하지 않고 다리 밑으로 내려가
신발을 주워 왔다. 그가 다리 난간에 걸터앉은 노인에게
신발을 내밀자 노인은 이번에도 호통이었다.
"신발을 가져왔으면 신길 일이지 어찌 꾸물거리느냐."
장량은 어처구니가 없었지만 화를 꾸욱 눌러 참았다.
나이 든 노인이고 보니 그럴 법하다는 생각을 하면서 노인에게
신발을 신겨주었다. 그러자 노인의 얼굴에 희색이 떠올랐다.
"너는 지금부터 닷새 후에, 일찍 저 나무 밑에 나와 나를 기다려라.
너에게 줄 것이 있다."
노인은 그 말을 남기고 어디론가 가버렸다.
약속한 날에 장량이 아침 일찍 그곳에 가자 노인은 벌써 와서
기다리고 있었다. 노인은 장량을 보자 벌컥 화를 냈다.
"도대체 요즘 선비들은 모두 게으름뱅이야. 어떻게 그러고도
세 끼 밥을 꼬박꼬박 먹는 게야. 돌아갔다가 닷새 후에 다시 오너라!"
장량은 사죄를 하고 돌아왔다.

다시 닷새 후에 그곳에 가 보니 이번에도 노인은 벌써 와 기다리고
있었다. 노인은 또다시 호통을 쳤다. 장량은 할 수 없이 되돌아왔다.
그로부터 나흘 뒤 장량은 초저녁부터 그 나무 밑에 와서 노인을
기다렸다. 이윽고 동이 틀 무렵 어디에선가 노인이 홀연히 나타났다.
장량이 꿇어 엎드리자 노인이 말했다.
"너의 골격이 청수하니 너에게 한 권의 비급을 주겠다.
너는 한(漢)나라를 위하여 원수를 갚고 명군을 도와 공을 세워
해와 달로 하여금 서로 다투게 하라."
바로 이 노인이 황석공이며 책 이름은 『소서(素書)』였다.
장량은 이 책의 비밀을 깨우쳐 한(漢)나라가 중원을 통일하는 데
크게 기여했다.

* 黃石公 : 중국 진나라의 은자.
** 長良 : 중국 한나라의 건국공신.
　　　 진시황을 저격하였으나 부차에 잘못 닿자 이름을 감추고 숨어 살다가 태공망의 병서를 덤음.

자열자의 혜안

정나라에 자열자라는 선비가 있었는데 집안이 워낙 가난하여 굶는
날이 많았다. 이것을 보고 누군가 정나라의 대신인 자양에게 말했다.
"자열자는 학문을 닦는 선비입니다. 그가 지금 가난한 생활로
고생이 심할 터이니 부디 그를 도와주십시오."
자양은 곧 관리를 시켜 자열자에게 곡식을 가져가게 하였다.
관리는 곡식을 들고 자열자의 집을 찾아갔다.
"자양 대인께서 이 곡식을 선비님께 드리라고 하여 가져왔습니다.
그러니 받아 주십시오."
그러나 자열자는 관리에게 두 번 절하고 나서 말했다.
"어서 돌아가 주십시오. 나는 이 곡식을 받지 않겠습니다."
관리가 돌아가자 자열자의 아내는 한숨을 몰아쉬며 푸념을 터뜨렸다.
"우리가 가난하여 굶주리고 있는 것을 자양 대신께서 아시고
곡식을 보내 주셨습니다. 그런데 어찌하여 당신은
그것을 되돌려 보내셨습니까?"
자열자가 웃으며 대답했다.
"자양이 나를 알고 보낸 곡식이 아니오.
분명 어느 누군가가 그에게 부탁했을 것이오.
그러니 자양은 남의 말을 믿고 벌도 내릴 수 있는 사람이오.
그래서 그가 보낸 곡식을 받지 않은 것이오."

약속의 허점

진나라 왕과 조나라의 왕은 앞으로 두 나라가 서로 도울 것을 약속했다.
그로부터 얼마 후 진나라가 군사를 동원하여 위나라를 공격하였다.
이때 위나라는 조나라에 구원을 요청하였으므로 조나라는
군사를 파견하여 위나라를 도왔다.
그러자 진나라에서는 조나라의 행동을 꾸짖었다.
"당신들과 우리 진나라는 상호 협정을 맺지 않았는가.
그런데 어찌하여 우리가 공격하는 위나라를 돕는가?
이것은 약속을 어기는 일이다."
조나라 왕은 진나라의 거친 항의를 받자 대신인 공손룡*과 의논했다.
진왕이 화를 내고 있으니 어찌 해야 좋을지를 물은 것이다.
공손룡이 말했다.
"그럼 이렇게 하십시오. 지금 곧 진나라에 사신을 보내
'우리 조나라에서 위나라를 도우려고 하는데 어째서 진나라는
가만히 있는가. 어서 우리와 함께 위나라를 도우라' 는 항의
서한을 보내십시오. 그렇게 하면 피장파장입니다."

* 公孫龍 : 중국 전국시대 조나라의 사상가.

꼬리에 꼬리를 무는 말

초나라의 원추(遠秋)는 이렇게 말했다.

"개는 큰 원숭이를 닮았으며, 큰 원숭이는 어미 원숭이를 닮았고,
어미 원숭이는 사람을 닮았다."

그 말을 들은 사람들은 다른 사람에게 개가 사람과 닮았다고 전했다.

정씨라는 사람이 있었는데 그의 집안에는 샘이 없었기 때문에
항상 밖에서 물을 길어 와야 했다.

샘가에는 언제나 물 길러 오는 사람들로 북적댔기 때문에,
한번 물을 길어 오려면 반나절 이상을 허비해야 했다.

마침내 정씨는 집안에 우물을 팠다.

당연히 물 길러 가던 한 사람의 몫이 절감되었다.

정씨는 주위 사람들에게 이렇게 말했다.

"집안에 샘을 팠더니 한 사람 몫이 절감되는구먼."

그런데 이 말을 들은 사람이 다른 사람에게 이렇게 전했다.

"정씨가 집안에 샘을 팠는데, 그 안에서 사람이 나왔다는구먼."

소하의 말

소하(蘇河)라는 이가 위나라 문공을 만나러 가자 문공이 먼저 말했다.
"듣자 하니 그대가 바른말을 잘 한다고 하던데 그게 사실이오?"
소하는 당치 않다는 듯이 말했다.
"제가 어떻게 바른말을 잘 할 수 있겠습니까.
정작 바른말을 잘 하는 사람은 어지러운 나라에 살지 않으며,
어질지 못한 임금을 만나지 않는다고 들었습니다.
그러나 저는 지금 왕을 만나고 있으며 또한 위나라에 있습니다.
그러니 어찌 바른말을 잘 한다고 말할 수 있겠습니까."
문공은 몹시 화가 났다. 소하는 예의를 모르며 왕인 자신을
모욕하였으니 마땅히 큰 벌을 받아야 한다고 소리쳤다.
그러자 소하가 기다렸다는 듯이 말했다.
"저는 어려서부터 바른말 하기를 좋아했습니다.
그것은 성장해서도 마찬가지입니다.
제가 왕께 바른말을 한 것이 예의에 벗어났다면 한 번쯤
용서해 주실 수 없겠습니까. 바른말을 듣고자 하는 왕의 마음이
저를 벌주시는 데 목적이있었습니까?"
그 말을 들은 문공은 소하를 용서해 주었다.

훔치는 재주

초나라의 장군 자발은 재주가 있는 병사들을 우대해 주어,
크고 작은 재주가 있는 사람들 모두 그를 찾아 모여들었다.
어느 날 도척(盜拓)이라 불리는 사내가 자발을 찾아와 자기는
무엇이든지 훔쳐오는 재주가 있다고 말했다. 자발은 그를 즉시
부하로 삼았다. 그러자 곁에 있던 부관이 볼멘 소리로 말했다.
"장군님, 어찌 도둑질 잘하는 사람을 부하로 삼으십니까?"
"그것은 자네가 알 바 아니다. 내 생각한 바 있으니 아무 소리 말라."
며칠 후 제나라 군사가 초나라로 쳐들어왔다.
자발은 병사들을 이끌고 나가 싸웠으나 연전연패였다.
초나라 진영에서는 여러 가지 계책이 동원되었지만 거칠게
몰아붙이는 적의 강공을 막아낼 수가 없어 항복하자는 제안이
대두되었다. 그때 물건을 잘 훔친다는 사내가 장군들 앞으로 나왔다.
"제 재주가 보잘것없으나 힘써 보겠습니다."
도척은 그 길로 제나라 진영으로 떠났다.
그러고는 제나라 장군의 막사를 훔쳐 돌아왔다.
자발은 즉시 부하에게 막사를 제나라 진영에 갖다 주게 하였다.
"우리 병사 한 사람이 산에 나무하러 갔다가 장군의 장막을
주워 왔기에 이렇게 돌려드립니다."

다음날 도척은 장군의 베개를 훔쳐왔다.

이번에도 자발은 그 베개를 돌려주었다. 그리고 그 다음날에는
장군의 수염을 묶는 끈을 훔쳐 가지고 돌아오자, 그것 역시 돌려주었다.

이런 일이 벌어지자 제나라 장군은 너무나 놀랐다.

"오늘밤 우리 병사들은 모두 물러간다. 만약 우리가 물러가지
않는다면 적병은 오늘 나의 목을 베어 갈지 모른다."

이렇게 하여 제나라 병사들이 물러가자
도척은 초나라를 위험에서 건진 공으로 큰상을 받았다.

암행어사가 주막에 묵은 까닭은?

정광필(鄭光弼)은 성품이 따뜻하고 너그러웠다.
무슨 일을 처리하더라도 여유가 있었고 아랫사람에게는 항상 관대했다.
그는 미관말직에서부터 벼슬을 하였으나 조금도 불평하지 않았다.
그를 아는 사람이라면 누구나 그가 장차 큰 인물이 될 것이라고 말했다.
한 번은 그가 암행어사가 되어 진도 백성들의 살림살이를 살피게 되었다.
진도의 어귀인 벽파정(碧波亭)에 도착한 정광필은 자신이 이 지방에
온 것을 은근히 흘렸다. 암행어사가 진도에 왔다는 소문은
삽시간에 퍼져 나가 고을 관아가 불쏘시개로 들쑤신 격이 되었다.
원님은 때늦게 장부를 대조한다, 창고를 정리한다 법석을 떨었다.
어느 정도 물목에 대한 아귀를 맞춰 놓은 원님은
암행어사가 당도하기를 기다렸다.
정광필은 주막에서 아침 식사를 끝낸 후 천천히 관아로 들어가
물목에 대한 점검에 들어갔다. 이쪽 저쪽으로 아귀를 맞춰 보니
놋수저 몇 개가 부족했다. 정광필은 사실을 그대로 보고하여
원님을 파직시켜 버렸다.

이러한 정광필의 처사가 이해되지 않은 한 친구가 말했다.

"자네는 어째 그토록 매몰차게 일을 처리하는가.

고을 원님을 파직시킬 양이면 적당한 선에서 그럴 것이지 어찌하여

곧바로 관아에 들어가지 않고 주막에서 잔 후 그렇듯 처리를 했는가?"

그러자 정광필이 말했다.

"진도라는 곳은 가까운 곳이 아니네. 고을 원님 역시 무인이기 때문에

우격다짐으로 섬 사람들을 다스렸을 것이네.

만약 내가 진도에 도착하여 곧장 관아로 들어가 물목을 조사했다면

어찌 되었겠는가. 필경은 사형에 해당하는 죄를 얻었을 것이네.

그래서 내가 시간을 늦춰 준 것이네."

네 번째 손가락이 구부러지면 어떻게 되는가

어느 날 맹자가 제자들에게 말했다.
"그대들은 네 번째 손가락이 구부러졌다면 펴려고 노력할 것이다.
그러나 구부러진 손가락이 별로 아프지도 않고 당장에 소용되는 바가
없다면 대개의 사람들은 그 손가락을 그냥 둘 것이다.
그러나 여전히 구부러진 손가락에 대해서는 마음을 쓸 것이다.
사람들은 손가락이 구부러진 것은 마음을 쓰면서도
마음이 비뚤어진 것은 신경을 쓰지 않는다.
이것은 무엇이 값진 것인지를 모르기 때문이다."

소머리 걸고 말고기 팔기

제(齊)나라 영공은 남장한 아름다운 여인을 무척이나 좋아했다.
그러한 그의 버릇 때문에 궁 안의 여인들은 너나없이 남장을 하였는데
이렇게 되고 보니 궁 안이 온통 남자들 투성이인 듯 싶었다.
그래서 영공은 부랴부랴 남장 금지령을 내렸다.
그러나 아무리 왕명이 지엄하다 해도 이미 남장에 길들여진
궁 안 여인들은 여전히 본래의 모습으로 돌아가지 않았다.
그러자 영공이 안자(顏子)에게 몹시 화를 내며 물었다.
"내가 남장 금지령을 내렸는데 아무 소용이 없는 것은
도대체 무슨 이유인가?"
안자가 대답했다.
"대왕께서는 아직도 내전 깊숙한 곳에서는 남장 여인들과
어울리시면서 밖으로 금하는 것이 무슨 소용이 있겠습니까.
이는 소머리를 문에 걸어 놓고 말고기를 파는 것이나
다름없는 일입니다."

엎지른 물은 주워 담을 수 없다

강태공은 젊은 시절 가난하게 살면서 늘 독서와 낚시로 세월을 보냈다.
그런다고 고기를 잡아 생계에 보탬이 되게 하는 것이 아니라
기껏 잡은 고기를 한동안 바라보다가 다시 물 속에 놓아 보내는 일을
되풀이했다. 보다 못한 그의 아내 마씨는 친정으로 돌아가 버렸다.
그 후 강태공은 출세하여 주 문왕의 스승이 되고 재상 자리에 올랐다.
어느 날 강태공이 수레를 타고 길거리에 나갔을 때 물동이를 인 채로
마씨가 나타나 함께 살게 해 달라고 애원하였다.
수레에서 내린 강태공은 잠자코 마씨에게 다가가더니
물동이의 물을 땅바닥에 쏟아 붓고는 주워 담으라고 말했다.
땅에 쏟아진 물, 그 물을 주워 담는다면 함께 살겠다는 말을 남기고
강태공은 그 자리를 떠났다.
한번 땅에 쏟은 물은 주워 담을 수 없듯,
젊은 날 고생이 싫어 집을 떠난 사람은 받아들일 수 없다는 뜻이었다.

仁, 仁, 仁

공자의 제자 자장이 스승에게 하직 인사를 올리면서 말했다.

"원컨대 한 말씀 내려 주시면 마음을 닦는 가르침으로 삼으려 합니다."

공자가 말했다.

"모든 행동의 근본 가운데 참는 것이 으뜸이니라."

"참으면 어떻게 됩니까?"

"천자가 참으면 나라에 해로운 일이 없다.

제후가 참으면 큰 나라를 이루고 벼슬아치가 참으면

그 지위가 올라간다. 형제끼리 참으면 그 집안이 부귀해지고

부부끼리 참으면 백년해로 할 수 있다. 친구끼리 참으면

이름이 더럽혀지지 않으며 스스로 참으면 재앙이 없어진다."

자장이 말했다.

"참지 않으면 어떻게 됩니까?"

공자가 대답했다.

"천자가 참지 않으면 나라가 텅 비게 되고 제후가 참지 않으면

그 몸을 잃게 된다. 벼슬아치가 참지 않으면 형법에 의해 죽게 되며

형제가 서로 참지 않으면 따로 헤어져 살게 된다.

부부가 서로 참지 않으면 그 자식들이 외롭게 되며

친구끼리 참지 않으면 걱정이 없어지지 않게 된다."

자장이 말했다.

"참으로 훌륭한 말씀이십니다. 참는다는 것은 참으로 어려운 일입니다.

사람이 아니면 참지 못하고, 참지 못하면 사람이 아닙니다."

초구흔의 교만

오나라에 초구흔(椒邱緖)이라는 용사가 있었다.

어느 날 그는 말을 타고 가다 회수 강에 이르러 말에게 물을 먹이고 있었다. 이때 물 속에서 큰 이무기가 나타나 그의 말을 끌고 들어갔다. 초구흔은 즉시 이무기와 맞서 싸웠다. 그러나 아무리 용사라 할지라도 이무기를 물리치기란 쉽지 않았다.

사흘 동안 계속 격전을 벌인 끝에 이무기의 한쪽 눈이 상하였고, 초구흔은 간신히 그곳에서 도망쳐 나왔다.

어느 날 사람들이 초구흔을 위문하러 왔다. 그는 사람들이 모인 자리에서 이무기와 맞서 싸운 자신의 무용담을 떠들어댔다.

마침 자리에 참석한 요이(要離)라는 이가 이를 듣고는 거침없이 초구흔을 공박했다.

"내가 들으니 용사들은 사람과 싸울 때, 큰소리를 치지 않고, 차라리 죽을지언정 욕을 당하지 않는다고 하였네. 그러나 자네는 하찮은 이무기와 싸워 고작 눈을 멀게 했을 뿐 말도 빼앗기고 겨우 도망쳐 오지 않았는가. 끝까지 싸우지도 못하고 도망쳐 온 주제에 어찌 용사라 할 수 있는가. 자네는 용사의 얼굴에 먹칠을 하였으니 당연히 부끄러움으로 인해 숨어 살아야 하거늘 무슨 낯으로 잘났다고 떠들어 대는가?"

요이의 말에 초구흔은 얼굴이 붉어져 한마디 대꾸도 하지 못했다.

그날 저녁 집으로 돌아온 요이는 모든 문을 활짝 열어 놓았다.
한편 초구흔은 낮에 당한 수모를 잊지 못하고 밤이 깊어지자
요이의 집을 찾아갔다. 집안의 모든 문이 열려 있는 가운데,
요이는 평상 위에 누워 초구흔이 들어오는 것을 물끄러미 바라보고
있었다. 초구흔은 요이의 목에 칼을 들이대고 말했다.
"너는 여러 사람 앞에서 나를 욕보였으니 죽을죄가 하나며,
돌아와서는 문을 닫지 않았으니 죽을죄가 둘이며,
나를 보고도 자빠져서 일어나지 않았으니 죽을죄가 셋이다."
요이가 반격했다.
"내가 여러 사람 앞에서 너의 허물을 지적했으나 단 한마디 답변도
못했으니 잘못이 하나요, 문을 들어설 때 도둑놈처럼 인기척을 내지
않고 살금살금 방에 들어왔으니 그 잘못이 둘이요, 칼을 내 독에
들이대고도 죽이지를 못하고 소리만 질렀으니 그 잘못이 셋이다."
초구흔은 몹시 부끄러워하며 칼을 내던지고 요이에게
정중히 사과한 후 돌아갔다.

너절한 인정

송나라와 정나라가 싸움을 벌였다.
이때 남방의 강국인 초나라가 정나라에 원병을 보냈다.
송나라 양공이 하남성 홍수에서 이들을 맞아 싸우는데 강을 건너는
초나라 군사들의 기세가 흐트러진 것을 보고 재상 목이(目夷)가
이들을 공격하자고 했다. 그러자 양공은 남의 약점을 틈타
공격하는 것은 옳지 않다며 머뭇거리다 공격할 기회를 놓쳐 버렸다.
초나라 군사들이 어느 정도 강을 건넜으나 아직은 진용이 정비되지
않은 상태였다. 그것을 보고 목이가 다시 공격할 시기라고 주장하며
상대의 허를 찌르는 것이 승패의 분수령이라고 열을 올렸다.
그러나 양공은 그것 역시 옳은 방법이 아니라고 하여 공격하지 않았다.
마침내 강을 건너 진용을 정비한 초나라 군사들은 물밀듯이 밀어닥쳐
송나라 군사들을 처참하게 공격해 버렸다.
필요 없는 '너절한 인정'. 이것을 '송양(末襄)의 인(仁)'이라고 한다.

호색먼저 호덕먼저

허윤(許允)이 재가를 들었다. 그런데 첫날밤 잠자리에서
부인의 얼굴을 보니 생김새가 몹시 못나 보여, 허윤은 그 뒤로
한번도 부인의 방에 들어가지 않았다.
이러고 보니 집안 사람들의 걱정이 한 아름이었다.
그러나 부인은 전혀 그런 기색을 보이지 않았다.
어느 날 허윤이 부인을 만난 자리에서 빈정거렸다.
"여자의 용모는 덕의 하나요. 그런데 당신은 무슨 좋은 점이 있으시오?"
그녀는 표정을 바꾸지 않고 대답했다.
"무릇 선비는 백행을 구비해야 하는데 당신은 모든 것을 구비했습니까?"
"그렇소."
"남자는 백행 중에 덕이 첫째인데 어찌 호색(好色)을 하면서
호덕(好德)은 못하십니까."

묵자의 수비

송나라의 대부였던 묵자가 어느 날 초나라를 찾아갔다.
그것은 초나라의 공수반이라는 사람이 '운제'라고 부르는 기계를
만들어 송나라를 공격하려고 한다는 말을 들었기 때문이다.
운제는 사다리를 성곽에 밀착시켜 그것을 타고 성에 올라가는 기계였다.
그런데 묵자는 공수반을 방문한 자리에서 이렇게 말했다.
"북방에 나를 욕하는 무리가 있다고 하니 당신의 손으로 죽여 주십시오."
공수반의 얼굴이 불쾌한 듯 일그러졌다.
"나는 의를 생각하는 사람인데
어찌 모르는 사람을 죽일 수 있겠습니까?"
그러자 묵자는 공손히 절을 하며 말했다.
"초나라는 땅이 넓은데 어째서 조그만 송나라를 공격하려고 하십니까.
아무 죄도 없는 송나라를 공격하면 죄없는 백성들이 희생될 게 아닙니까.
수많은 송나라 사람들을 죽이는 것을 과연 의라고 할 수 있습니까?"
공수반은 묵자의 말을 듣고 초왕에게 그를 안내했다.
묵자가 다시 예를 갖추어 초왕에게 말했다.
"훌륭하고 호화로운 마차를 가진 주인이 허름한 마차를 훔치려
드는 것을 어떻게 생각하십니까? 또 비단 옷을 입은 사람이
다 떨어진 삼베 옷을 훔치려 드는 것을 어떻게 생각하십니까?"
"그런 사람이야 도벽이 있는 것이겠지요."

"그렇다면 사방이 오천 리나 되고 자원이 풍부한 초나라가
사방 오백 리 안팎인 송나라를 공격하려는 것은 어떤 이치입니까.
물자도 적고 큰 나무도 없는 송나라를 공격하려는 것을
어떻게 생각하십니까?"
초왕은 마침내 묵자에게 송나라를 공격하지 않겠다고 약속했다.
이렇게 하여 일이 확대되기도 전에
묵자는 초나라의 침략을 막을 수 있었다.

토끼, 나무에 부딪치다

연나라에서 어느 농부가 밭을 갈고 있었다.
밭 한가운데에는 위를 잘라낸 나무의 밑둥이 있었는데, 어느 날
토끼 한 마리가 달아나다가 그만 그 나무 밑둥에 부딪쳐 죽고 말았다.
농부는 죽은 토끼를 집어 들고 무척 기뻐하였다.
그러고는 하던 일을 팽개치고 나무 밑둥 옆에 앉아 토끼를 기다렸다.
틀림없이 또 다른 토끼가 달아나다가 밑둥에 부딪쳐
죽게 될 것이라 믿은 것이다.
사람들은 모두 그를 비웃었다. 어쩌다가 일어난 우연한 일을 보고
날마다 그런 일이 일어날 것으로 생각한 농부의 어리석음을 조롱했다.

어 생원 웃기기

어느 양반 댁에 어(魚)씨 성을 쓰는 문객이 있었다.
그런데 그는 무슨 일이 있어도 웃지를 않았다.
하루는 주인 양반이 정만서(鄭萬瑞)에게 말했다.
"자네의 재주가 용해도 아마 어 생원만은 웃기지 못할 거요."
정만서는 아무 말 없이 빙그레 웃을 뿐이었다. 그때 어 생원이
어슬렁거리며 나타나 문지방을 넘어오자 정만서가 물었다.
"아, 문어(文魚)인가?"
어 생원은 몹시 불쾌했다. 그러나 아무 말도 하지 않고
대청으로 올라섰다. 그러자 정만서가 또 빈정댔다.
"아, 이번에는 청어(鯖魚)일세그려."
마침내 어 생원이 화를 버럭 냈다.
"아니, 이 사람이 어디서 농짓거리를 하는 게야?"
그러자 정만서의 입에서 희한한 소리가 터져 나왔다.
"어, 이번에는 오증어(吾憎魚)일세그려."
어 생원도 그만 껄껄 웃고 말았다.

화자의 건망증

옛날 송나라의 양리(陽里)라는 마을에 화자(華子)라는 사람이
살고 있었다. 그는 어느덧 중년이 되었으나 무엇이든 잘 잊어버리기
일쑤였다. 아침에 다른 사람한테 가져온 물건을 저녁이면 잃어버리고
길을 가다가도 어느새 방향을 잊었다. 학문이 높은 사람이
그를 찾아가 이런 저런 말을 건네보아도 결과는 마찬가지였고,
의원을 찾아가 진맥을 해보아도 원인을 찾지 못했다.
이때 노나라에서 유생(儒生) 한 사람이 그를 찾아왔다.
그는 스스로 소개하기를 무슨 병이든 고칠 수 있다고 호언했다.
화자의 부인이 자기 집 재산의 반을 줄 테니
남편의 병을 고쳐 달라고 하자 유생이 말했다.
"이 병은 본래 사관(史官)의 점괘에 나타나 그 징조를 보고
무꾸리를 하여 나을 병이 아니오. 또한 무당이 신께 기도하여
나을 병도 아니오. 그런가 하면 의원이 약으로 고칠 병도 아니지만
내가 한 번 그를 변화시켜 보겠소."
유생은 우선 화자를 발가벗겨 보았다.
그랬더니 화자는 옷 입기를 요구했고, 음식을 주지 않았더니
먹고 싶어했으며 캄캄한 방에 있으면 밝은 곳으로 나가기를 원했다.
그러자 유생은 병을 고칠 희망이 있다고 기뻐했다.
"자네 아버지의 병은 고칠 수 있네. 다만 이 병의 치료법은
비밀리에 전해 오는 것이니 함부로 다른 사람들에게 알릴 수 없네."

그 유생은 사람들을 내보내고 이레 동안 화자와 단둘이 있었다.
누구도 그가 어떤 방법으로 치료를 하는지 알지 못했다.
약속한 날이 되자 과연 화자의 병은 깨끗이 나았다.
그러나 해괴한 일이 생겨났다. 지금까지 잊기를 잘하던 화자가
병이 낫자 화를 내며 그의 아내를 쫓아낸 것이다. 그리고 아들에게는
벌을 주고는 창(戈)을 들고 유생을 잡으러 쫓아다녔다. 이때 근방을
지나가던 송나라 사람이 그를 붙잡고 무슨 일이냐고 물었다.
"글쎄, 내가 이제까지 잊어버리던 버릇이 차라리 나을 뻔했소.
나의 마음이 호탕하여 천지가 있는 줄 모르고 있다가 이제 갑자기
병이 나아 지난 일을 알게 되었소. 수십년 이래 어느 누가 죽고 무엇을
했는지가 소상하게 떠오를 뿐만 아니라 즐겁고 행복한 일, 슬프고
고통스러운 일들도 떠올랐소. 또 나는 미래에 일어날 복잡한 일들도
떠올라 머리 속이 엉망이 되어 버렸소. 이제 나는 걱정이오.
장차 어떤 일이 나를 힘들게 할 것인지. 어떻게 하면 잊어버리기를
잘하는 예전의 정신 상태르 돌아갈 수 있는지 그게 걱정이오.
그래서 내 그 유생 놈을 잡으러 가는 것이오."

수레바퀴를 막으려 한 사마귀

지극히 미약한 세력이 감당할 수 없는 큰 세력에 대항하는 것을
당랑거철(螳螂拒轍)이라고 한다.
이것은 사마귀가 수레바퀴를 막는다는 말이다.
어느 때인가 제나라의 장공(莊公)이 수레를 타고 사냥을 나가는데
두 치쯤 되는 벌레 하나가 앞발을 쳐들고 수레를 막으려고 했다.
장공은 수레를 멈추고 마부에게 물었다.
"저 벌레의 이름이 무엇이냐?"
"당랑(螳螂, 사마귀)이라고 합니다. 저 벌레의 특성을 살펴보면
앞으로 나가기만 할 뿐, 도무지 물러설 줄을 모릅니다.
그리고 제 힘을 너무 믿은 나머지 어느 것에나 덤벼듭니다."
"그것 참 용사로다. 우리가 돌아가자."
장공은 사마귀를 피해 수레를 돌려 돌아갔다.

남이 하는 대로 하랴

어떤 사람이 묵자(墨子)에게 물었다.
"지금 세상에는 옳은 일을 하려는 사람이 없습니다.
세상이 어지러운 데다가 모두들 제 한 몸 살기에 급급합니다.
이런 때에 선생님께서 아무리 옳은 일이라고 힘써 일하셔도 좋은 결과를
얻기는 힘들 것입니다. 그런데도 그 일을 계속하시겠습니까?"
묵자는 빙그레 웃으며 대답했다.
"여기에 열 명의 아들을 둔 사람이 있다고 하자.
그 중 한 아들만 농사를 짓고 다른 아들들은 모두 빈둥거리고 논다고
하자. 이때 당신이 그 아들이라면 어떻게 하겠소?"
"그야 농사를 때려치울 겁니다."
"그것은 옳지 않소. 다른 사람이 농사를 짓지 않으니
한 사람이라도 더욱 부지런히 농사를 지어야 하지 않겠소.
지금 세상에 옳은 일을 하는 사람이 없다면 나 혼자라도
더 부지런히 옳은 일을 해야 하지 않겠소."

산의 행차

정석견은 홍문관 응교라는 높은 벼슬에 있었지만
문밖 출입을 할 때는 말몰이꾼을 따로 두지 않고 관아에서
말몰이 하는 사람을 데리고 다녔다. 말몰이 한 사람을 앞세우고
자신은 말을 타고 종 하나를 뒤따르게 하니 그 행차는 참으로 초라했다.
그래서 사람들은 그의 행차가 지나갈 때마다 손가락질하며
"저기 산(山)의 행차가 간다" 하며 비웃었다.
세 사람이 길을 가니 영락없이 산 모양이었다. 그러나 정석견의
태도는 당당했다. 한번은 홍문관 동료들이 따지고 나섰다.
"여보시게, 말몰이꾼을 몇 명 더 따르게 한다고 해서
관아가 비는 것도 아닌데 어째서 체면을 잃는단 말인가?"
"많은 말몰이꾼을 따르게 하는 것은 부질없는 일이네.
말몰이꾼이야 길 안내를 하니 의당 앞에 한 사람이 필요한 것이고,
호위하는 종이 한 사람 뒤를 따르니 그것으로서 족한 일이네.
많은 종을 뒤따르게 하는 것은 보이지 않는 자신의 뒷모습을
과신하기 위함 아닌가. 나는 산(山) 자 관원이란 소리를 들을지언정
서투른 위세는 부리지 않겠네."

공자의 구슬 꿰기

공자가 여행을 하다가 진(陳)나라 사람들에게 붙들려
곤욕을 치르고 있었다. 난폭한 그들은 공자에게 구슬 한 개를 내놓고
그 구멍으로 실을 꿰라고 하였다. 그런데 그 구슬의 구멍은 일직선으로
난 것이 아니고, 창자처럼 구불구불했다.
구슬을 들고 땀을 뻘뻘 흘리고 있는 공자를 향해 밭둑을 걷던 노파가
넌지시 귀띔해 주었다.
"꿀을 생각해 보세요. 꿀을……."
공자는 문득 좋은 생각이 떠올랐다.
얼른 개미 한 마리를 잡아 실에 맨 다음 반대쪽에 꿀을 발라 두었다.
이로 인해 공자는 봉변을 면할 수 있었다.

스님의 관찰력

장사꾼의 무리가 사막을 지나오다가 등짐을 지운 말 한 필을 잃어
버렸다. 그들은 마침 그곳을 지나가는 한 스님을 붙잡고 물었다.
"여보시오, 우리는 말 한 필을 잃어버렸소.
이곳으로 오다가 혹시 보지 못했소?"
그러자 스님이 말했다.
"그 말은 오른쪽 눈이 안 보이고 왼쪽 앞발이 절름발이고
앞니가 부러졌지요? 또 등 한쪽에는 밀가루를,
다른 한쪽에는 꿀을 싣고 있지요?"
장사꾼들은 깜짝 놀라 스님을 말 도둑으로 의심하고는
재판정으로 끌고 갔다. 스님은 재판관 앞에서 이렇게 해명하였다.
"길 한쪽만 풀이 뜯어진 것을 보고 오른쪽 눈이 없는 것을 알았습니다.
모래에 왼쪽 앞발 자국이 다른 발자국보다 희미하게 나 있으니
왼쪽 앞발이 절름발이고 뜯어 먹은 풀잎이 가운데가 남아 있으니
앞니가 부러진 증거입니다. 또 길 한편에는 밀가루가 흘려져 있어
개미가 달라붙어 있으니 밀가루와 꿀을 싣고 가는 줄 알았습니다.
그 말의 앞뒤에는 사람의 발자국이 없으니 누가 훔쳐 간 게
아니고 분명 길을 잃고 헤매고 있는 것이라고 봅니다.
그러니 빨리 찾으시오."

어리석은 나귀의 자만

어느 농사꾼 집에 나귀와 수탉이 함께 살았다.
하루는 나귀와 수탉이 풀밭에서 놀고 있는데 사자 한 마리가
울타리를 뛰어넘어 들어왔다.
사자를 본 나귀는 이제 죽었다고 생각하며 오들오들 떨고만 있었다.
이때 수탉은 사자를 보고 "꼬끼오!" 하고 크게 소리쳤다.
사자는 처음 듣는 수탉의 울음 소리에 놀라
멈칫멈칫 물러서더니 울타리 밖으로 도망가 버렸다.
짐승의 왕이라는 사자가 조그만 수탉을 보고 도망을 갔으니
자신이 나서서 혼을 내줘야겠다는 생각에 나귀는 사자의 뒤를 쫓아갔다.
수탉의 울음 소리가 들리지 않는 곳까지 도망쳐 온 사자는 자신의
뒤를 따라온 나귀를 발견하고 얼씨구나 달려들어 물어뜯어 버렸다.

군자의 아들 가르치기

공손추가 그의 스승 맹자에게 물었다.
"군자가 자신의 아들을 직접 가르치지 않는 까닭은 무엇입니까?"
맹자가 대답했다.
"그렇게 되지 않기 때문이다. 가르치는 아버지 쪽에서는 반드시
올바른 도리를 가르치지만 배우는 아들이 따르지 못한다면
아버지는 화를 내게 되고, 이렇게 되면 부자 사이만 상하게 된다.
아들의 입장에서 본다면 분명 아버지께서는 올바른 도리를
가르친다고 말하지만 자식은 그것을 실감할 수 없다고 생각할 것이다.
그런 이유로 부자 사이가 원만히 유지되기 위해
자식 교육을 서로가 바꾼 것이다."

어린 소나무로 어찌 널을 짜리오

박계현(朴啓賢)은 매사에 공정하고
성격 역시 강직했던 선조 때의 명신이다.
명종 때에 벼슬길에 올랐으나 당시 세도가인 윤원형의 강압적인
결혼 요청을 묵살하여 한때 한직으로 밀려났었다.
그후 중종반정이 일어나 대사간에 임명되었을 때는 일 처리가
공정하여 칭송을 받았고, 대사헌으로 있을 때는 동인과 서인의
싸움을 막으려고 동분서주 하였다. 그러나 뜻을 이루지 못하자
"반드시 이 나라는 당쟁 때문에 크게 손상될 것이다"라고 탄식하였다.
그런 그가 만년에 뜰 앞에 소나무를 심자 한 친구가 물었다.
"무슨 연유로 소나무를 심는가?
소나무를 정자 만드는 데 쓰려면 수십 년이 지나야 할 터인데?"
"그게 아니네. 내가 죽으면 이 소나무로 널을 짜려고 하네."
"그럼 나도 조문을 하러 와야겠구먼."
그러자 옆에 있던 목수가 말했다.
"그 널은 제가 만들지요."
좌중은 웃음 바다가 되어 버렸다.
소나무는 심은 지 50년이 되어야 겨우 재목으로 쓸 수 있다.

흑룡의 구슬

평소 허풍이 센 하주(荷周)라는 사람이 이곳 저곳을 여행하다가
송나라에 이르렀다.
하주는 송나라 왕을 만나 여러 가지 신기한 얘기를 들려주자
송나라 왕은 그를 무척 좋아하였다. 하주가 집으로 돌아가겠다고 하자
송 왕은 섭섭해하며 수레 열 대를 내주었다.
하주는 고향으로 돌아오자 장자를 찾아가 자랑을 했다.
"내가 송나라에 오래 있었으면 아마 재상이 되었을 겁니다.
고향 산천이 그리운 탓에 이렇게 왔습니다만,
왕이 얼마나 섭섭해하던지 이렇게 수레를 열 대나 주었습니다."
그러자 장자는 이런 얘기를 해주었다.
"황하의 강기슭에 가난한 사람들이 모여 살았다네. 그곳 어느 집의
아들이 강에 들어가 아주 값나가는 구슬을 하나 주워 왔지.
그러자 그의 아버지가 말했다네. 그 구슬을 강에 다시 넣으라는 게야.
아들이 따르지 않자 아버지가 말했지. '예로부터 이곳 강에는
성질이 고약한 흑룡이 살고 있다. 이 구슬은 본시 흑룡의 턱 밑
역린(逆鱗)에 있는 것이니 어서 빨리 갖다 놓아라.
아마도 네가 구슬을 가져왔을 때는 흑룡이 잠들어 있었을 것이다.
흑룡이 깨어 있었다면 어떻게 구슬을 가져올 수 있었겠느냐.'
이 말을 들은 아들은 그 구슬을 다시 강에다 던져 버렸다."

하주는 그 얘기와 자신이 무슨 관계가 있느냐고 따졌다.
그러자 장자가 대답했다.
"지금 송나라 왕은 아무것도 모르고 있을 것이네.
자네가 송나라를 떠난 후 곰곰이 생각해 보겠지.
그러다가 자네에게 속은 줄 알면 어떻게 하리라고 보는가?
필경은 사람을 보내 자네 목숨을 빼앗으려 들 것이야.
그러니 수레를 받았다고 좋아할 일만은 아니라는 게지."

사랑과 미움은 백지 한 장 차이

위나라에 미자하라는 사람이 있었다. 그는 얼굴도 무척 곱상할 뿐만
아니라 머리 회전이 빨라 왕의 총애가 극진했다.
어느 날 미자하는 멀리 떨어져 있는 그의 어머니가 병이 났다는
연락을 받았다. 그가 급히 가려고 서둘렀으나 때마침 수레가
하나도 없어 발만 구르고 있었다. 생각다 못한 미자하는
왕의 수레를 관리하는 관원에게 뛰어가 거짓말을 했다.
"나는 지금 왕의 심부름으로 궁 밖을 나갔다 와야 하네.
그러니 마차를 준비해 주게."
이를 본 한 사람이 이 사실을 왕에게 고했다.
"지금 미자하는 군왕의 명을 사칭하여 왕의 마차를 타고
제 어미의 병문안을 갔습니다. 이 일은 그냥 지나칠 수 없으니
마땅히 왕께서는 미자하에게 중벌을 내리십시오."
그러나 왕은 미자하의 행동을 극구 칭찬했다.
"미자하는 참으로 효자로다.
그는 장차 벌받을 일을 두려워하지 않고 어머니에게 병문안을 갔구나."
며칠 후, 왕은 미자하를 데리고 과수원으로 나들이를 갔다.
미자하는 복숭아를 따서 한 입 베어 먹고는 그것을 왕에게 내밀었다.

"이 복숭아 한 번 잡숴 보십시오. 소신이 혼자 먹기가 아깝습니다."
"오, 미자하는 충신이로다. 자신이 먹던 것을 내게도 주는 구나.
이렇듯 짐을 생각하는 미자하가 있으니 짐의 행복이로다."
왕은 무슨 일에나 미자하의 행동을 극구 칭찬했다.
그로부터 며칠이 지났다. 왕은 어찌된 셈인지 미자하를 점점 멀리하기
시작했다. 왕이 총애하는 상대가 다른 사람으로 바뀌었기 때문이다.
어느 날 왕은 신하들이 모인 자리에서 명을 내렸다.
"여봐라, 미자하에게 중벌을 내리도록 해라.
전날 미자하는 괘씸하게도 짐의 명을 사칭하여 내 마차를 타고
제 어미의 병문안을 갔는가 하면, 또 어떤 날에는 제 놈이 먹다 만
복숭아를 짐에게 먹게 하였다. 이 어찌 중한 죄가 아니겠는가!"
결국 미자하는 중벌을 받고 말았다.

거울이 비추는 것

송나라 때의 대유학자인 정호와 정이 형제가 어느 날 잔칫집에 갔다.
동생은 점잖게 술을 마시는데 형은 기생들과 눈살을 찌푸릴 만큼
장난을 쳤다. 동생의 불쾌함은 이만저만이 아니었다.
정이는 다음날 형 정호를 찾아가서 말했다.
"형님, 어젯밤 술자리에서는 장난이 지나치셨습니다.
사람의 눈이 그토록 많은데 어찌 부끄러움을 모르십니까?"
그러나 정호는 태연하게 대답했다.
"성인은 거울과 같은 것이지. 아름다운 것이 비치면
아름답게 보이고 추한 것이 비치면 추하게 보일 뿐
정작 거울은 하등 상관이 없는 것이야."

내 소관 네 소관

한나라 때 재상 병길은 마음이 흐덕하고 매사에 맺고 끊음이 분경했다.
그리고 크고 작은 일을 처리한 흐에는 한 번도 자신을 내세우지 않았다.
어느 날 병길은 길을 가다가 사람들이 웅성거리는 곳을 지나가게 되었다.
두 사람이 말다툼을 하다가 그만 실수로 친구를 죽였다는 것이다.
병길은 못 본 척하고 그 자리를 지나갔다.
한참 동안 가다 보니 이번에는 소가 몹시 헐떡거리고 있는 것이 보였다.
아무런 관심을 보일 것 같지 않던 병길이 걸음을 멈추고
소 주인에게 물었다.
"얼마나 먼길을 왔기에 저토록 헐떡입니까?"
"별로 멀지 않은 곳인데 이 모양입니다."
이제까지 병길의 뒤를 따라오던 시종 한 사람이 물었다.
"조금 전에 사람이 죽은 것을 보시고는 모른 척하시더니
하찮은 소가 헐떡이는 것에는 왜 관심을 가지십니까?"
"그렇게 생각하는 것은 옳지 않다.
사람이 죽은 것이야 죄인을 다스리는 장안령 소관이지 않은가.
그러나 아직 날씨가 덥지도 않은데 저렇듯 소가 땀을 흘리니
혹여 기상 이변이 아닌가 생각했을 따름이다.
이는 재상이 알아야 할 소관이 아니겠느냐."

누에고치 덕에 얻은 벼슬

윤원형은 중종의 두 번째 계비인 문정왕후의 오라버니였다.
그는 본시 방자하기 이를 데 없고 성격 또한 음험하여 문정왕후가
경원대군을 낳자, 인종을 낳은 장경왕후의 동생 윤임(尹任)과
세력 다툼을 벌였다.
이로 인해 세간에서는 대윤과 소윤의 싸움이라고 불렀다.
명종이 열두 살의 나이로 보위에 올라 문정왕후가 수렴청정을 하자
윤원형은 하루아침에 생사여탈권을 쥐고 옥사를 일으켜
많은 사람들을 살상하게 하였다.
한 번은 이런 일이 있었다.
윤원형에게 누에고치 수백 근을 갖다 바치며 벼슬을 내려 달라는
사람이 있었다. 이 당시 관리 임명에 관한 일을 보던 윤원형은
너무 피곤한 탓에 꾸벅꾸벅 졸고 있었다.
명단을 받아 쓰던 관리는 윤원형이 한동안 아무 말이 없자 채근했다.
"다음 자리에는 누구를 임명할까요?"
윤원형은 잠결에 중얼거렸다.
"으응, 고치야 고치."
누에고치를 갖다 바친 자를 임명하라는 말이었다.
그러나 세밀한 사정을 알 길 없는 부하 관리는 아무리 임용 절차를
밟아도 고치라는 사람을 찾을 수 없었다. 이곳 저곳 수소문을 해보니
먼 지방에 고치(高致)라는 선비가 산다는 말을 듣고
그 선비에게 벼슬을 내렸다.

돼지를 잡은 증자

공자의 제자 중 증자(曾子)라는 이가 있었다.
어느 날 그의 아내가 시장에 나가려는데 아이가 울면서 따라 나서자
그녀는 아이를 달래며 말했다.
"그냥 집에 있거라. 그러면 엄마가 빨리 시장에 갔다 와서
돼지를 잡아 맛있는 고기 요리를 해주마."
시장에 갔다 온 증자의 아내는 깜짝 놀랐다. 그도 그럴 것이
증자가 칼을 들고 돼지 잡을 준비를 하고 있는 게 아닌가.
아내는 증자에게 달려가 말했다.
"저는 농담으로 했을 뿐인데……."
그러자 증자는 고개를 내저었다.
"아이들에게 농을 해서는 아니되오. 아이들이 그런 거짓말을 배우면
밖에 나가서도 언제나 써먹을 게 아닌가."
증자는 즉시 돼지를 잡아 구워서 아이에게 먹였다.

절영지회, 갓끈을 자르다

초 장왕 때의 일이다.

나라에 경사가 있어 술을 빚고 안주를 넉넉히 준비하여 궁 안에서
잔치를 베풀었다. 궁중의 비빈들이 자리를 함께 하였고 대소 신료들이
모두 참석한 자리에서 장왕은 즐거운 표정으로 신하들에게 말했다.

"들으시오, 과인이 풍류를 멀리한 지가 벌써 6년이나 지났소.
이제는 나라에 근심될 일이 없으니 모처럼 경들과 하루를 마음껏
즐겨 보고자 하오. 오늘은 조그만 허물도 탓하지 않을 것이니
마음껏 술을 마시고 즐겁게 노시오."

잔치는 하루 종일 계속되었다.

어느덧 날이 어두워지자 왕은 불을 밝히도록 하였다.
주위가 다시 낮처럼 밝아지자 왕은 대신들에게 술을 하사했고,
대신들은 또 아래 관직에 있는 관원에게 술을 내려보냈다.
이렇게 흥이 무르익을 무렵, 갑자기 한 줄기 바람이 일더니
켜 놓았던 촛불이 일시에 꺼져 버렸다.

환관이며 시녀가 불을 밝히기도 전에 누군가가 왕이 총애하는
허희(許姬)의 옷자락을 잡아당겼다. 깜짝 놀란 허희는 상대의 손길을
뿌리치고 엉겁결에 갓끈(冠纓)을 잡아챘다.
갓끈이 아차 하는 사이에 떨어지자 허희의 소매를 잡아당겼던 사내는
황망히 그 자리를 피해 버렸다.

허희가 갓끈을 움켜쥐고는 장왕 곁으로 다가갔다.

"마마, 불이 꺼진 틈을 타서 어떤 자가 신첩의 소매를 끌어당겨 못된
짓을 하려 했습니다. 신첩이 소매를 뿌리치고 그 자의 갓끈을 이렇게

잡아떼었으니 무엄한 그 자에게 벌을 내리십시오."

장왕은 급히 허희의 손에서 갓끈을 빼앗아 들고는

불을 켜려는 자의 손길을 황급히 막았다.

"잠깐, 불을 켜지 마라!"

장왕은 호흡을 가다듬고 나서 뒷말을 급히 덧붙였다.

"자, 이제부터 모두 갓끈을 떼고 술자리를 계속하도록 합시다.

어느 누구든 갓끈을 떼지 않으면 오늘의 연회를

불경스럽게 여기는 것으로 알겠소."

신하들은 이상한 생각이 들었으나 모두들 갓끈을 떼기에 이르렀다.

그런 다음 왕은 불을 밝히도록 명하였다. 이렇게 되고 보니 허희의

옷소매를 잡아당긴 사람이 누구인지 알 수 없었다.

연회가 끝나고 침실에 돌아가자 허희는 볼멘 목소리로 투정을 부렸다.

그러자 장왕이 말했다.

"허허허, 이는 그대가 알 바 아니로다. 오늘의 연회는 아침부터 시작되어

밤 깊도록 계속되었으니 어찌 취하지 않았겠느냐. 또 술에 취했으니

어찌 작은 실수가 없겠느냐. 만약 오늘 밤에 너의 옷소매를 잡아당긴

범인을 찾아내어 벌을 주었다면 너의 절개는 증명되었겠지만 그 선비의

마음을 상하게 하여 오늘의 연회는 아니 연만 못하게 되었을 것이다."

여자를 만난 子 와 고양이를 만난 子

어느 해 장마가 졌을 때 사빈(謝彬)이라는 청년이 강을 건너고 있었다.
그는 강을 건너기 전에 잠시 큰 나무 아래서 비를 피했다.
그곳에는 물이 불어나 구멍에서 빠져나온 개미떼들이
우왕좌왕하며 갈피를 못 잡고 있었다.
가엾게 생각한 사빈은 그곳에 있는 개미들을 모두 공자의 묘가 있는
사당 안으로 옮겨 주고 집으로 돌아왔다.
여름 장마가 지난 후 사빈은 친구와 함께 낙양으로 과거를 보러 떠났다.
길을 가던 중 우연히 주막에서 점복에 능한 사람을 만나
장차의 운수를 묻기에 이르렀다. 그러자 복자(卜者)가 말했다.
"여기에 글자 하나만 써 보시오."
사빈은 잠시 망설이다가 아들 자(子)를 썼다.
"앞으로 운수가 좋아질 거요."
그러자 곁에 있는 친구 역시 자(子)를 썼다.
복자는 잠시 생각을 하더니 신음하듯 말했다.
"당신은 운수가 별로 좋지 않소.
또한 당신은 몸을 다칠 운수니 부디 조심하도록 하시오."
과연 신기하게도 먼저 자(子)를 썼던 사빈은 과거에 급제하여
금의환향을 하였는데, 그의 친구는 못된 도적들을 만나 몸이 크게
다치고 다리가 부러졌다. 그 이유를 복자는 이렇게 풀이했다.

"처음에 사빈이라는 청년이 자(子)를 썼을 때에는 주막집에 들른
예쁜 처녀가 잠시 글자를 내려다보았었소. 그렇기 때문에
좋을 호(好)가 되었으니 과거에 급제할 줄을 알았으며,
나중 청년이 자(子)를 짚었을 따는 때마침 도둑 고양이가
재빨리 그 사람 곁을 지나가고 있었으니 좋지 않다고 생각한 것이오.
자(子)는 12지로 보아 쥐에 해당되는 것이므로 분명 고양이를 단나
몸에 상처를 입을 것으로 내다본 것이오.
본시 사빈이라는 청년은 좋은 상운이 아니었지만
이곳에 오기 전에 좋은 일을 하여 행운을 만난 것이오."

떠돌이 중의 선견지명

충청북도 공주의 금강 나루터에 이도(李棹)라는 이가 살고 있었다.
그는 비록 가난한 뱃사공이었지만 나루를 건너는 어느 누구에게나
친절했다. 뱃삯이 없어 발을 구르는 사람들은 무료로 강을 건네주고,
가뭄이 심하던 어느 해에는 이제까지 모아둔 곡식을 풀어
이웃사람들의 주린 배를 채워 주기도 했다.
그러던 어느 날 떠돌이 중이 급히 강을 건너자고 했다.
이도가 강을 건네주자 이번에는 다시 건너편으로 가자고 했다.
이도는 이유를 물어 보지도 않고 그를 다시 건네주었다.
그런데 그 중은 무슨 생각에서인지 다시 건너편으로 가자고
태연스럽게 말했다. 이러기를 다섯 차례 되풀이했을 때,
떠돌이 중은 얼굴을 환히 펴며 이도의 얼굴을 뚫어져라 바라보았다.
"보아하니 상중인 것 같은데 보아 둔 묏자리가 있습니까?"
이도가 없다고 하자 중이 다시 말했다.
"그렇다면 내가 일러준 곳에 부친의 묘를 쓰십시오. 하지만 그곳에
묘를 쓰면 훗날 묘를 이장하라는 자가 나타날 것이니 관을 들어내지
못하도록 석회 1천 가마를 붓고 그 위에 이 글귀를 묻어 두시오."
이도는 떠돌이 중이 일러준 대로 부친의 관 위에 글귀의 내용을 새긴
돌을 올려놓고 묻었다.
그 후부터 이도의 후손들은 부귀하고 크게 영달하였다.
또 이도는 고려 태조로부터 삼한을 통합하는 데 공이 있었다 하여
공신으로 추증되는 영광을 얻기도 하였다.

그리고 몇 대가 흘러갔다.

어느 날 박상래(朴相來)라는 지관이 이곳을 지나다가 묏자리가 선
방위를 보고 말하였다.

"이 자리는 뒷산의 맥이 내려오다 끊겨 버렸으니 마땅히
이장을 해야 합니다. 5대까지는 발복할 수 있으나 이후에는 일족이
멸망할 것이니 서둘러 이장하십시오."

이도의 후손들은 그 말이 그럴 듯하여 묘를 파기 시작했다.

그러나 1천 가마의 석회를 부어 만든 묘이다 보니 쉽게 관이 나올 리가
없었다. 겨우 한 층을 걷어내고 보니 글씨가 새겨진 돌이 하나 나왔다.
거기에는 다음과 같이 새겨져 있었다.

〈남래요사 박상래 단지일절지사미지만대영화지지
(南來妖師 朴相來 單知一節之死未知萬代榮華之地).〉

글 뜻은 다름이 아니라, '남쪽에서 요사스러운 지관 박상래라는 자가
와서 이곳을 흉지라고 말하며 이장할 것을 권하더라도 절대 믿지 말라.'
는 내용이었다.

이도의 후손들은 조상의 배려에 감탄하며 파헤친 봉분을 덮고
글귀 역시 안에다 묻어 놓았다.

사람을 고르는 방법

장의(張儀)는 본래 초나라 사람이었다.

언젠가 사신으로 초나라를 다녀오자 그가 없는 틈을 노려

사람들이 진왕에게 그를 모함했다. 즉 그는 태생이 초나라이므로

은밀히 초나라와 내통하고 있다는 것이었다.

사신의 임무를 수행하고 돌아온 그를 맞은 것은 진왕의 따가운

눈총이었다. 정황을 눈치챈 장의는 진왕에게 초나라로 돌아가겠다고

말했다. 진왕이 그 까닭을 묻자 장의는 이런 얘기를 들려주었다.

제나라에 미인 첩을 둘이나 거느린 영감이 있었다.

근처에 사는 청년이 중매쟁이를 보내 그녀들을 자기에게 오도록

은밀히 청을 넣었다. 그러자 두 가지 반응이 왔다. 한 여인은 순순히

응했지만 다른 한 여인은 욕설을 퍼부으며 다시는 중매쟁이를

가까이 오지 못하도록 문을 닫아걸었다.

얼마 후 영감이 세상을 떠났다.

이제는 남편이 없는 여자들이므로 청년은 떳떳이 두 여자에게

청혼할 수 있었다. 중매쟁이가 청년을 찾아가 말했다.

"이제 영감이 죽었으니 그 여자들은 시집을 갈 수가 있어요.

당신은 어느 여자를 택하겠소?"

"나에게 욕을 한 여자입니다."

"당신에게 심한 욕을 했는데 그 여자가 맘에 들다니요?"

"그래서 하는 말입니다. 영감이 살아 있을 때는 어느 여자든
내 말을 듣기를 원했지만, 내 아내가 될 처지라면 나를 위해
다른 사람을 욕해 주기 바랍니다."
다시 말해 남편을 위해 남을 욕하던 그 여자는 젊은이에게 온 뒤에는
자기를 섬기겠지만, 남편이 살아 있을 때 다른 사람에게 가려고 하는
여자는 자기에게 온 뒤에도 다른 사람에게 갈 가능성이 많다는 것이다.
진왕은 장의가 들려준 얘기의 속뜻을 깨닫고 다시 신임하게 되었다.

죄와 복을 부르는 인연

어느 때인가 부처가 기사굴 산에서 정사(精舍)로
돌아오다가 길에 떨어진 묵은 종이를 보았다.
부처는 제자에게 종이를 줍게 한 후 물었다.
"어떤 종이냐?"
"아직도 향내가 나는 것으로 보아 향을 싼 종이입니다."
다시 얼마쯤 가다가 이번에는 길에 떨어져 있는 새끼줄을 보았다.
부처는 이번에도 그것을 줍게 하여 어떤 새끼줄이냐고 물었다.
제자가 말했다.
"아직도 비린내가 남아 있는 것으로 보아
이것은 생선을 꿰었던 것입니다."
그러자 부처가 말했다.
"사람은 본래 깨끗한 것이지만 모두 인연에 따라 죄와 복을
부르는 것이다. 어진 이를 가까이하면 의리가 높아지고
어리석은 이를 가까이하면 곧 재앙과 죄에 이르는 것이다.
저 종이는 향을 가까이 하여 향 냄새가 나지만
저 새끼줄은 생선을 가까이했기 때문에 비린내가 나는 것이다.
사람은 모두 어떤 것에나 점점 물들어 가지만
스스로는 그렇게 되는 것을 모를 뿐이다."

호랑이보다 무서운 것

어느 날 공자는 제자들과 함께 수레를 타고 인적이 뜸한 길을 가고
있었다. 그때 어디선가 여자의 울음 소리가 들려왔다. 주위를 둘러보니
아무래도 그 소리는 묘지가 있는 앞쪽에서 들려 오는 것 같았다.
공자 일행이 그곳으로 수레를 몰아 가니 묘지 앞에서 한 여자가
울고 있었다. 그 울음 소리가 너무나 애절하여 듣는 이의 마음까지
쓸쓸하게 했다. 공자는 즉시 제자에게 그 연유를 물어 오게 하였다.
"부인께서는 무슨 일로 이렇듯 호젓한 곳에서 홀로 울고 계십니까?"
"저희 가족은 이 근방에서 살고 있는데 며칠 전에 호랑이가 나타나
우리 시숙을 물어 가더니 어제는 제 남편을 물어 갔습니다.
그리고 오늘은 제 아들을 물어 갔지 뭡니까."
"그렇듯 호랑이가 자주 나타나는 곳에서 어찌 사십니까.
내려가서 사람들과 함께 살아야지요."
그러자 여인은 안 될 일이라며 펄쩍 뛰었다.
"그럴 수는 없답니다. 저는 이곳을 떠날 수가 없어요.
이곳에 살면 혹독한 세금 걱정은 안 해도 되니까요."

나귀와 옹기장이

한 사람이 자신의 집에서 잔치를 크게 열기로 했다.
그래서 그는 하인을 시켜 옹기장이를 데려오게 하였다.
아무래도 잔치를 치르기 위해서는 질그릇이 많이 필요했기 때문이었다.
하인은 옹기장이를 찾아 길을 떠났다. 얼마쯤 가다 하인은 길가에서
울고 있는 옹기장이를 발견하였다. 옹기장이 옆에는 깨어진 질그릇이
어지럽게 널부러져 있었고 그 옆에 나귀 한 마리가 있었다.
"무슨 일로 그렇게 울고 계십니까?"
"제가 오랫동안 고생하여 만든 질그릇을
나귀가 그만 깨뜨리고 말았답니다."
그러자 하인은 즐겁게 웃으며 말했다.
"그것 참 훌륭한 나귀로군요."
"뭐라구요?"
"당신이 오랜 시간을 들여 만든 것을 한순간에 깨뜨려 버렸으니
얼마나 훌륭합니까. 제가 이 나귀를 후한 값에 사겠습니다."
"정말입니까? 그렇게만 해주신다면 참으로 고마운 일이지요.
저는 지금 돈이 몹시 필요하거든요."
하인은 옹기장이에게 넉넉한 값을 치르고 나귀를 타고 집으로 돌아왔다.
하인이 옹기장이는 데려오지 않고 웬 나귀 한 마리를 타고 오자
주인은 의아해하며 물었다.

"웬 나귀냐? 그래 옹기장이는 어디 있느냐?"

"주인님, 옹기장이보다 나귀가 더 필요할 것 같아 후한 값을 치르고
사 왔습니다. 아, 글쎄 옹기장이가 공들여 만든 질그릇을 나귀가
한순간에 깨뜨렸다지 뭡니까."

주인이 어이없는 낯으로 하인을 바라보며 말했다.

"이 나귀는 깨뜨리는 일은 잘할지 몰라도 질그릇 하나
만들지 못한다는 것을 너는 모른단 말이냐?"

보잘것없는 새

중국 진(晉)나라 때 혜강이라는 사람이 있었다.
그에게는 여안이라는 친한 벗이 있었는데 두 사람의 우정이
유달리 돈독하여 같은 남자라도 시샘할 정도였다.
혜강과 여안의 집은 멀리 떨어져 있었으나 언제고 상대가 보고 싶으면
백 리 길을 멀다 않고 찾아가 만났다.
어느 날 혜강은 문득 친구가 보고 싶어 급히 수레를 몰아 여안의 집으로
향했다. 때마침 여안은 출타 중이었으므로 그의 아들이 혜강을 맞았다.
그런데 여안의 아들은 부친의 친구가 왔는데도 안으로 모시지 않고
밖에 선 채 실없는 말만을 중얼거리는 게 아닌가. 이를 본 혜안은
붓을 꺼내 대문에다 '봉(鳳)' 자 하나만을 써 놓고 돌아가 버렸다.
그날 저녁 늦게 여안이 돌아와 대문 위에 써 있는 글자를 보고
아들에게 물었다.
"누가 대문에 이런 글자를 써 놓았느냐?"
"낮에 혜강 어른이 오셨는데 잠시 소자와 얘기를 나누셨습니다.
그러다가 갑자기 대문에 저렇듯 봉(鳳) 자를 써 놓으셨습니다.
아마도 소자를 봉황에 비유한 것이겠지요."
어깨를 으쓱하는 아들을 바라보며 여안은 탄식했다.

"아니다. 너는 필경 혜강에게 결례를 하였을 것이다. 그렇지 않그서야
어찌 저런 글자를 써 놓았겠느냐. 나에게 충고하려는 것이 분명하다.
얘야, 저 새 봉 자의 뜻은 이러하다. 저 글자는 무릇 범(凡) 자와
새 조(鳥) 자를 합한 것이니 이는 범조(凡鳥)가 아니겠느냐.
즉, '보잘것없는 새'라고 너를 평했으니 상대할 가치조차 없다는
뜻이다."
부친의 설명을 들은 아들은 낮에 무례하게 떠들었던 자신의 허물을
부끄러워하였다.
후일 사람들은 친구를 찾아갔다가 만나지 못한 것을
'제봉(題鳳)'이라고 하였다.

현자를 추천한 현자

어느 날 자공이 스승인 공자에게 물었다.
"여러 나라의 신하들 중 현자(賢者)를 꼽는다면 누구겠습니까?"
"제나라의 포숙(鮑叔)이나 정나라의 자피(子皮)를 현자라고
할 수 있겠지."
그러자 자공이 놀라서 물었다.
"그렇다면 스승님, 제나라의 관중이나 정나라의 자산 같은 이는
현자가 아니라는 말씀입니까?"
"그러니 너는 하나만 알고 둘은 모른다는 게야.
너는 어진 자를 군왕에게 추천한 자와 군왕에게 힘이 되는 자 가운데
어느 쪽이 참된 현자라고 생각하느냐?"
"그야 물론 현자를 추천한 사람이지요."
"그럴 테지. 포숙이 관중을 추천하고 자피가 자산을 권했다는 말은
들었지만 관중이나 자산이 사람을 추천했다는 말은 없지 않느냐."

부드러운 개가죽 옷

조선 중종 때 사람인 안탄태는 중종의 후궁인 창빈 안씨의 아버지였다.
원래 그의 집안은 가난하였으나 천성이 순박하고 점잖았다.
그의 딸이 후궁이 되어 두 아들을 보았는데 둘째가 덕흥 대원군으로
명종의 뒤를 이어 왕위에 오른 선조(宣祖)의 아버지이다.
그리하여 안탄태는 일약 임금의 외조부가 되었다.
그러나 그는 자신의 처지가 귀하게 되었는데도
늘 가난했을 때를 생각하여 몸에 비단옷을 걸치지 않았다.
세월은 유수와 같이 흘러서 그는 이제 병으로 인해 시력까지 희미해졌다.
선조는 그를 어여삐 여겨 담비 가죽으로 옷을 만들어 하사하려 했으나
아무래도 입지 않을 것 같아 대신으로 하여금 그의 의중을
넌지시 떠보게 하였다. 이 소식을 들은 안탄태는,
"천한 사람이 그렇듯 좋은 옷을 입는 것은 죽을죄를 짓는 것이오.
임금의 명을 어기는 것 역시 죽을죄에 해당하는 것이니
차라리 내 분수를 지키며 마음 편히 죽을까 하네."
선조는 할 수 없이 개가죽으로 만든 옷이라고 속여 입도록 하였다.
안탄태는 임금이 내린 옷을 입고 이곳 저곳을 손으로 더듬거리더니,
"상방(궁 안의 의복 만드는 곳)의 개는 잘 먹어서 그런가.
어쩌면 개 털이 이렇게 부드러운가."
하여 주위 사람들을 숙연하게 했다.

썩은 물고기는 냄새를 풍긴다

후한 때에 양속(羊續)이라는 사람이 남양군 태수로 있을 때의 일이다.
이 당시 태수라는 자리는 한 나라나 성의 군주에 버금가는 권세가
있는 탓에 아첨하는 자, 뇌물을 바치는 자들이 쉼 없이 찾아와
그를 만나기를 청하였다.
그러나 양속은 그들을 만나지 않고 여가를 이용하여 관내 백성들이
어떻게 사는가에 귀를 기울였다. 그런 그의 생활이 검소함은
물론이었다. 그가 타고 다니는 마차는 낡았으며 말 역시 비쩍 말랐다.
어느 날 그가 생선을 좋아한다는 말을 들은 한 관원이 귀한 물고기를
산 채로 구하여 양속이 없는 틈을 타 집에 놓아두고 돌아갔다.
양속은 집에 돌아와 물고기를 보고는 당장 뜰에 있는 나무에
매달아 두었다. 이런 줄도 모르고 그 관원은 다시 물고기를 구해 들고
양속의 집을 찾아갔다. 이때는 마침 양속이 집에 있었다.
관원은 자신이 가져온 물고기를 넌지시 내비쳤다.
"나으리께서 물고기를 좋아하신다기에 이렇게 다시 구해 왔습니다."
그러자 양속은 나무에 매달아 둔 생선을 가리키며 말했다.
"글쎄 저것 좀 보시오. 오랫동안 매달아 두었더니
저렇듯 고약한 냄새가 나질 않소."

사람의 역량

세종대왕 시절에 신상(申商)이라는 이는 예조판서였고
허조(許稠)는 이조판서였다. 신상은 해가 중천에 높이 떴을 때에
조정에 나왔다가 점심때가 조금 지나 집으로 돌아가고,
허조는 새벽에 나와 해가 진 다음이라야 집으로 돌아갔다.
어느 날 허조가 조정에 나가자 아랫사람들이 신상이 예조에 왔다가
그냥 돌아갔다고 말했다. 허조는 곧 신상을 찾아가 충고했다.
"어찌하여 늦게 나온 사람이 일찍 집에 돌아가는가?"
신상이 웃으며 대답했다.
"그대는 일찍 나가서 무슨 이익이 있었는가.
또한 나는 늦게 나가서 무슨 손해가 있었는가.
우리는 서로가 맡고 있는 일을 할 뿐이네."

세조의 벌주

세조 때에 신숙주(申叔舟)가 영상의 자리에 앉았을 때
구치관(具致寬)이 우상이었다.

어느 날 왕이 두 정승을 내전으로 불러들였다. 왕은 두 사람에게
자신이 묻는 것에 즉시 대답해야 하며 틀리거나 그렇지 못하면
벌을 내리겠다고 하였다. 두 정승은 절을 올리며 답변에 조심하여
벌을 받지 않도록 하겠다고 말했다.

그러자 세조가 "신 정승!" 하고 불렀다. 신숙주가 대답하자 세조는
"내가 새(新) 정승을 불렀는데 어째 경이 대답하는가" 하고는
큰 잔에 술을 따라 벌주를 내렸다.

이번에는 다시 세조가 "구 정승!" 하고 부르자 구치관이 대답했다.
그러자 세조는, "내가 옛(舊) 정승을 불렀는데 어째 경이 대답하는가?"
하고는 이번에는 구치관에게 벌주를 주었다.

세조는 계속 구 정승과 신 정승을 번갈아 부르며 벌주를 내렸다.
세조가 다시 구 정승과 신 정승을 불렀는데 이번에는 두 사람 모두
대답하지 않았다. 그러자 세조는 "군왕이 부르는데 신하된 자가
대답하지 않으니 이것은 예의에 벗어나는 일이다" 하여
이번에도 벌주를 내렸다. 이렇게 종일토록 하고 보니
두 정승은 벌주를 마시느라 몹시 취했다.

천금을 능가하는 재주

춘추 전국 시대에 조나라의 공손룡(公孫龍)이라는 사람은 한 가지라도
재주 있는 사람이면 모두 다 자기 집의 식객으로 맞아들였다.
이 소문을 듣고 각지에서 재주 있는 사람들이 공소룡의 집으로
모여들었다.
하루는 한 사람이 찾아와서, "나는 고함을 잘 지르는 재주가 있으니
있게 해주시오" 하였다. 공손룡은 기꺼이 허락하였다.
그런데 일 년이 다 지나도록 그 사내는 고함 한번 지르는 일이 없어서
공손룡은 적지 않은 실망을 하고 있었다.
그러던 어느 날 공손룡이 연나라에 갔다가 큰 강에 이르게 되었는데
건널 배가 없어 안절부절 못하였다.
멀리 대안(待岸)에는 배가 있었으나 너무 멀어 부를 수도 없었다.
그 때 그 식객이 나와 고함을 쳐서 배를 불렀다.
공손룡은 그 덕분에 큰 강을 건널 수 있었다.

길흉화복은 따로 있는가

장(蔣)씨 성을 쓰는 선비와 구(寇)씨 성을 쓰는 선비가 장안으로
시험을 보러 가는 도중 강절 소 선생 집을 찾아갔다.
측자와 파자로 세상에 이름을 날린 선생에게 자신들의 운수를
시험해 보고 싶어서였다. 두 사람이 찾아가 앞날의 길흉을 봐 달라고
하자 소강절이 먼저 장 선비에게 종이를 내밀었다.
"여기에 쓰고 싶은 글자를 한 자만 쓰십시오."
장 선비는 '차(且)' 자를 쓴 후 소강절에게 건네주었다.
소강절은 얼굴을 환히 펴며 만면에 웃음을 머금고 말했다.
"정말 축하합니다.
선비님께서는 아주 좋은 성적으로 급제를 하겠습니다."
그 이유를 소강절이 설명했다. 차(且) 자는 모양으로 볼 때
사모관(紗帽冠)과 닮았으므로 영락없이 급제할 것이라는 설명이었다.
구 선비도 '차(且)' 자를 쓴 후 운수를 물었다.
그런데 이번에는 어찌된 셈인지 소강절이 탄식했다.
"허, 선비께서는 공명도 얻지 못할 뿐만 아니라 장차 목숨을
부지하는 데도 어려움이 많겠습니다. 그러니 지금이라도
고향으로 돌아가 장차를 기약하는 것이 좋겠습니다."
구 선비는 불쾌한 기색을 감추지 못하고 따져 물었다.
"장 선비가 물을 때에는 더없이 좋은 말씀을 하시더니
어째 내게는 이토록 험한 말을 하십니까?"

소강절이 답변했다.

"장 선비가 쓴 차 자는 사모관을 닮았으니 장차 고관 대작이 될 것은
정한 이치입니다만, 지금 구 선비께서 쓴 글자는 영락없이 묘비와
같으니 보기에도 흉합니다. 그래서 돌아가라고 말씀드린 겁니다."

두 선비는 소강절의 집에서 나와 장안으로 향했다.

얼마 후 장 선비는 과거에 급제하였으나, 파자의 뜻 풀이가
좋지 않았던 구 선비는 장 선비와 헤어져 뱃길로 가던 중
배가 전복되어 목숨을 잃고 말았다.

때를 기다려라

고역사(高力士)는 능히 수백 근이 나가는 쇠몽둥이를 자유자재로
휘두를 만큼 힘이 장사였다. 그가 어느 지방을 지날 때의 일이다.
그곳은 유난히도 야생동물들이 자주 출몰하는 곳이었다.
호랑이가 나타나 사람들을 물어가는가 하면 멧돼지가 마을에 내려와
농작물을 모두 파헤쳐 버렸다. 마을 사람들은 더 이상 이곳에 살 수
없다며 나라에 탄원서를 넣어 해결해 달라고 몇 번이나 사람을
보냈지만, 워낙 오지여서 이곳까지 내려오는 사람이 없었다.
고역사가 하룻밤 묵어 가기 위해 여관에 들어와 잠시 쉬고 있을 때였다.
갑자기 북소리가 요란스럽게 울렸다. 잠을 자던 사람들이
모두 일어나 뜻밖의 사태에 긴장하자 여관 주인이 달려왔다.
"이곳은 안전하니 걱정마십시오. 북소리가 울린 것으로 보아
호랑이가 나타난 모양입니다. 먹이를 찾으러 온 모양이니
잠시 지나면 조용해질 것입니다."
고역사가 무기를 들고 밖으로 나가려고 할 때였다.
이번에는 징소리가 요란스럽게 울렸다. 여관 주인이 말했다.
"이번에는 멧돼지가 나타난 모양입니다.
아주 사나운 녀석이지만 이곳은 안심해도 좋으니 편히 계십시오."
고역사는 단번에 두 동물이 나타난 것을 알고 즉시 여관 밖으로
뛰쳐나갔다. 그러자 여관 주인이 고역사를 따라나와 앞길을 막았다.

"장사께서 호랑이가 있는 곳으로 가려고 하십니까?"

"그렇소. 이곳에 야생동물이 나타나 백성들의 고충이 이만저만이
아니라고 들었소. 내가 지금 그곳으로 가서 죽기를 각오하고
호랑이와 싸우겠소."

"조금만 기다리십시오.
지금은 장사께서 나설 때 아닙니다. 호랑이와 멧돼지가
서로 싸우다 둘 다 지치면 그때 나가서 잡도록 하십시오."

고역사는 여관 주인의 말이 옳다고 여겼다. 과연 호랑이와 멧돼지는
서로 싸우다가 지쳐 있었다. 고역사는 그때를 노려 달려나가
어렵지 않게 두 동물을 잡을 수 있었다.

설중매의 일침

설중매(雪中梅)는 아름다운 기생이었다.

하루는 태조가 조선을 세우는 데 공을 세운 여러 대신들과

잔치를 벌였다. 나라 안에 유명한 기생들이 참여한 자리다 보니

설중매가 빠질 리 없었다. 잔치에 참석한 사람들의 면면을 본다면

그들은 모두가 고려조에 중신을 지냈던 사람들이었다.

한 재상이 술에 취해 설중매에게 농담을 했다.

"듣자 하니 너는 아침에는 동쪽 서방을 저녁에는 서쪽 서방을

모신다던데 어떠냐, 오늘은 나와 잠자리를 하는 것이?"

설중매의 대답이 침술사처럼 상대의 급소를 찔렀다.

"듣고 보니 그렇군요. 아침에는 동쪽 서방을 모시고 저녁이면

서쪽 서방을 모시는 천한 나와, 어제는 왕씨를, 오늘은 이씨를 모시는

대감님과는 참으로 걸맞은 상대지요. 아니 그렇습니까?

그러니 오늘 밤 대감님을 모시는 것을 싫다고 하겠습니까!"

주인을 몰라본 개

소주(蘇州) 땅에 진포와 여포 형제가 있었다.
어느 날 동생 여포가 하얀 옷으로 갈아입고 외출하였다.
그런데 쾌청하던 하늘이 갑자기 어두워지면서 소나기가 쏟아졌다.
나갔던 여포는 급히 돌아와 검은 옷으로 갈아입고 다시 외출했다.
여포는 그날 오후 늦게야 돌아왔다. 그런데 평소 꼬리치며 반겨주던
누렁이가 웬일인지 여포를 향해 사납게 짖어댔다.
화가 난 여포가 몽둥이로 개를 때리려 하자 진포가 말렸다.
"개를 때리지 마라. 네가 흰 옷을 입고 외출할 때 누렁이가
네 모습을 보았을 것이다. 네가 나갔다가 다시 돌아와 검은 옷으로
갈아입은 줄을 몰랐기 때문에 짖은 게 아니냐."
"아무리 그렇더라도 주인을 몰라보는 개가 어디 있습니까?"
"어허, 또 억지를 부리는구나. 처지를 바꿔놓고 생각해 봐라.
누렁이가 밖에 나갔다가 검정개가 되어 돌아왔다면
너는 알아볼 수 있겠느냐?"

묵자의 나무연

묵자가 3년에 걸쳐 나무 연을 하나 만들었다. 그런데 그 연을 날리자
연은 하루를 날고는 부서져 버렸다. 묵자의 제자들은 떠들어댔다.
"선생님께서는 참으로 훌륭한 재주를 가지고 계십니다.
하늘을 나는 나무 연을 누가 만들려는 생각이나 했겠습니까?"
그러나 묵자는 시큰둥하게 대답했다.
"내 재주는 아무 것도 아니야. 수레를 만드는 목수의 재주보다
형편없어. 그 사람은 반나절이면 수레 하나를 만들고,
거기에 아무리 무거운 짐을 싣고 다녀도 3년간은 끄떡없거든.
그런데 나는 3년이나 걸려 만든 연이 고작 하루만에 부서져 버렸으니
어찌 나의 재주가 목수를 따른다고 할 수 있겠느냐."
이 말을 전해 들은 혜자(惠子)가 말했다.
"과연 묵자는 훌륭한 사람이다. 수레를 만드는 재주가
나무 연을 만드는 그의 재주보다 뛰어난 것임을 알았으니까."

차면 기우는 술 항아리

춘추 오패의 한 사람이었던 환공이 죽자 제나라에서는 묘당을 세우고
온갖 제기(祭器)를 진열해 놓았다. 그 제기 가운데 술 항아리가 하나
있었는데, 괴이한 일은 이 술 항아리가 비어 있을 때에는 기울어져
있다가도 술이 반쯤 차면 바로 서고, 또 술을 가득 채우면
다시 쓰러지는 것이었다.
어느 날 공자가 이 묘당에 들렀는데 여러 제기 가운데
술 항아리가 있는 것을 괴이하게만 여겼을 뿐 그것이 신기한
술 항아리인 줄은 미처 몰랐다.
공자는 그곳을 지키는 관원의 말을 듣고서야 비로소 자신의 무릎을 쳤다.
"오호라, 저것이 그 유명한 술 항아리구나."
공자는 즉시 제자들에게 명했다. 깨끗한 물을 길어 와서 술 항아리에
물을 채워 보라고 한 것이다. 이제껏 비스듬히 기울어 있던 항아리는
물이 참에 따라 점점 똑바로 섰다. 그러다가 물이 가득 차자 이번에는
기우뚱 쓰러져 버리는 것이 아닌가.
물을 다 쏟아 버리자 술 항아리는 다시 반쯤 기운
처음의 모습으로 돌아갔다. 공자가 주위를 돌아보며 말했다.
"학문을 하는 것도 바로 저 항아리에 물을 붓는 것과 같은 이치다. 우리는
자신의 학문이 어느 정도인지도 모르면서 마음의 그릇에 다 찼다고
교만해지거나 자만에 빠진다. 그러다가는 반드시 화를 당하게 된다."
집으로 돌아온 공자는 똑같은 술 항아리를 만들어 의자의 오른편에
두고 항상 쓰다듬으며 자신을 경계하는 도구로 삼았다.

진중에는 농이 없다

『손자병법』을 읽은 오나라 왕 합려가 손자 만나기를 청하였다.
그는 병략서보다는 실제로 손자를 초청하여 나라의 병권을 맡기고
싶다는 의사 표시를 한 것이다. 손자는 왕의 요청을 받아들였다.
"병사들이 어디에 있습니까?"
"병사들 대신 궁에 있는 여인이라도 상관없다면
180명의 후궁들로 하여금 훈련을 받도록 하겠소."
손자는 180명의 후궁들을 연병장에 모이게 한 다음 90명씩 둘로
나뉘어 서게 했다. 손자는 커다란 쇠도끼를 들고 호령했다.
일단 군영이 형성되면 군진 안에서는 일체 농을 주고받아서는
안 되며 자신의 말에 무조건 복종을 해야 한다는 것이었다.
그러나 손자의 명이 떨어졌는데도 후궁들은 웃기만 할 뿐 제대로
따르지 않았다. 그리하여 손자는 여인들 맨 앞에 서 있는 대장의 목을
치려고 하였다. 두 대장은 합려가 무척 총애하는 여인들이었다.
두 대장의 목을 친다는 말을 듣고 합려가 달려와 사정했다.
처음이라 실수를 한 것이니 용서해 달라는 것이었다.
그러나 손자는 단호하게 거절했다.
"소신은 지금 왕명을 받들어 병사를 지휘하고 있습니다.
왕명은 지엄하여 장군이라 하여도 어길 수는 없습니다만 때로는
그렇지 않은 경우가 있사온데 지금의 경우가 바로 그렇습니다."

손자는 즉시 두 후궁의 목을 쳤다.

그 다음부터 손자의 명에 따라 누구든 일사분란하게 움직일 뿐 아니라

진중에서 웃음 소리도 들리지 않았다.

그 후 손자가 이끄는 오나라 군대는 초나라를 정벌하고

제나라와 진나라를 위협했다. 그는 대공을 세운 것이다.

뱀의 발

초나라 희왕 6년, 희왕은 재상 소양(昭陽)에게 군사를 주어
위나라를 공격하게 하였다. 소양은 위를 무너뜨리고
다시 병사를 이동시켜 제나라를 공격하려고 했다.
제나라의 민왕은 몹시 걱정을 하던 중
때마침 진나라의 사자로 와있던 진진에게 방도를 물었다.
"조금도 걱정하지 마십시오. 소인이 초나라로 가서
싸움을 막아 보겠습니다."
진진은 즉시 초나라 진영으로 가서 소양과 회견했다.
"초나라의 법에 대해 묻겠습니다.
적진을 무찌르고 적장을 죽인다면 그 공은 어디에 해당됩니까?"
"상주국(上柱國)으로 임명됨과 동시에
상급으로는 규(珪)라는 구슬을 하사받게 됩니다."
"상주국 이상의 벼슬이 있습니까?"
"그 위는 영윤입니다."
"지금 소양께서는 이미 영윤의 자리에 올랐습니다. 제가 예를 들어
말씀드리지요. 어떤 사람이 하인들에게 큰 잔치를 베풀고 큰 잔에
술을 한 잔씩 따라 주었습니다. 그때 하인 하나가 말했지요.
'여러 사람이 술을 나누어 마시면 실컷 마실 수가 없다. 그러니 땅에
뱀을 그리되 제일 먼저 그리는 자가 다 먹기로 하면 어떨까.'

모두들 그의 의견을 좇아 땅에 뱀을 그리기 시작했지요.
제일 먼저 그린 사람은 술잔을 들고 '발도 그릴 수 있겠구나' 하며
뱀의 발을 덧붙여 그렸습니다. 그러자 나중에 뱀을 그린 자가
그의 술잔을 빼앗으며 뱀에게 무슨 발이 있느냐고 따졌습니다.
지금 귀하는 영윤이라는 최고의 벼슬에 있습니다. 위로는 더 이상
올라갈 수가 없습니다. 그러나 이번 싸움에 실패한다면
관직을 잃는 것은 물론이려니와 초나라에서는 이러쿵저러쿵
말들이 많을 것입니다. 그렇게 되면 괜히 뱀의 발을 그려
화를 자초하는 것과 무엇이 다르겠습니까."
소양은 과연 옳은 말이라며 무릎을 쳤다.

도둑의 다섯 가지 도

맹자의 〈진심장구〉에 이런 말이 있다.
"닭이 울 무렵부터 일어나서 꾸준하게 선을 추구하는 자는
순(舜)의 무리다. 닭이 울 무렵부터 일어나서 이익을 추구하는 자는
도척(盜)의 무리다. 순과 도척의 무리를 알고자 한다면
다른 방법이 따로 있는 것이 아니다.
이익을 추구하느냐 선을 추구하느냐의 구별에 있는 것이다."
도척의 무리 중에 한 사람이 맹자에게 물었다.
"도둑에도 도가 있습니까?"
"세상에 도가 없는 것이 있겠느냐. 남의 집에 있는 물건을 불의로
넘보지 않는 것이 성(聖)이고, 먼저 들어가는 것이 용(勇)이며,
맨 뒤에 나오는 것은 의(義)며, 가부를 판단하는 것은 지(知)며,
고루 나누어 가지는 것은 인(仁)이다.
이 다섯 가지를 지녀야 능히 대도라 할 수 있을 것이다."

학문의 의미

부처님이 죽림정사에 있을 때, 영축산에 온 소오나가 부처님 곁에서
수행하고 있었다. 소오나는 마음속으로 다짐했다.
'부처님의 제자로서 성문(聲聞)에 들어가지 못한다면
차라리 집에 돌아가 평범하게 사는 것이 나으리라.'
부처님이 소오나의 마음을 알고 그를 불렀다.
"소오나야, 너는 세속에 있을 때 거문고를 잘 탔다고 하던데
그게 사실이냐?"
"그렇습니다."
"소오나야, 네가 거문고를 탈 때에 줄을 느슨하게 하면
소리가 어떠하더냐?"
"소리가 잘 나지 않습니다."
"그럼 세게 조이면 어떠하더냐?"
"역시 소리가 잘 나지 않습니다.
아름다운 소리는 알맞게 조여야만 납니다."
그러자 부처님이 말했다.
"그렇다. 공부 또한 이와 같다.
너무 급하게 하여도 아니되고 너무 게을러서도 아니된다."

솔개가 채간 솜

인관(印觀)이라는 이가 시장에서 솜을 팔았다.
이때 서조(署調)라는 이가 곡식을 주고 그 솜을 샀다.
그런데 돌아오는 도중에 솔개가 나타나 그 솜을 채어 날아오르더니
인관의 집에 떨어뜨렸다. 서조의 솜인 것을 안 인관은
그 솜을 서조에게 돌려주었다.
"이 솜은 당신이 샀으니 내 물건이 아닙니다."
그러나 서조는 당치 않은 일이라며 고개를 저었다.
"아닙니다. 내가 솜을 샀으나, 솔개가 채어가 당신에게 주었으니
당신의 것입니다. 제가 어떻게 그것을 받겠습니까."
인관이 다시 말했다.
"당신이 솜을 받지 않겠다면 곡식을 돌려드리겠습니다."
서조가 말했다.
두 사람은 서로 사양을 하다가 결국 솜을 시장 바닥에 버리고 말았다.
시장을 다스리는 벼슬아치가 이 사실을 임금께 아뢰자
임금은 두 사람에게 벼슬을 내렸다.

백낙천의 권학문

밭이 있어도 갈지 않으면 곳간이 비고
책이 있어도 가르치지 않으면 어리석어진다.
곳간이 비면 세월 지내기가 구차해지고
자손이 어리석으면 예의에 소홀해진다.
오직 갈지 않고 가르치지 않으면
이는 곧 부형(父兄)의 허물이다.

장사꾼의 장사법

중국의 춘추 시대에 노나라의 공자가 주나라의 노자를 찾아갔다.
노자는 공자가 자신을 찾아온다는 말을 듣고 하인들을 시켜
길을 쓸게 했다. 그러자 공자는 당시 주인을 맞는 예법에 따라
기러기 한 마리를 만나는 기념으로 노자에게 선물했다.
두 사람은 낙양 땅을 다니며 자신들의 학문을 허심탄회하게 풀어헤쳤다.
헤어질 무렵이 되었을 때 노자가 뜻밖의 말을 꺼냈다.
"장사에 능한 사람은 좋은 물건을 집 안 깊숙이 감춰 놓는 법이오.
어느 누가 가게에 와서 본다면 진열되어 있는 물건이 형편없어
보일는지 모르지만 정작 깊은 곳에 숨겨 두었다가
그것을 알아보는 사람이 있을 때에만 내놓는 법이오.
바로 이것이 실속 있는 장사꾼의 장사법이오.
학문을 하는 군자는 자신의 재주를 함부로 내어 놓아서는 안 되오.
또한 작은 일에 섣불리 나서는 것도 옳지 않은 일이오.
무릇 군자의 재능이란 보석함에 든 보석처럼,
금과 은으로 치장된 갑(匣) 속에 든 보검(寶劍)처럼 세상을 위해
크게 쓰일 시기를 기다려야 하는 것이오."

행동을 꾸미는 자는 자랑이 앞선다

공자의 제자 중에 자로(子路)라는 인물이 있었다.
평소에 사치를 않던 자로가 어느 날 좋은 옷으로 갈아입고 공자 앞에
나타났다. 공자는 그에게 왜 사치스러운 옷을 입었느냐고 꾸짖었다.
"오래 전부터 양자강의 근원은 민산에서부터 시작 되었다.
처음에 그것은 보잘것없이 너무 고요하여 잔을 띄울 정도였다.
그러나 아래로 흐르면서 차차 둗길의 폭이 넓어지고 흐름도 빨라져
하류에 사는 사람들은 배를 타고 강을 건너다가 물에 빠질까봐
걱정하게 되었다. 자로야, 세상의 모든 일은 처음이 중요한 법이다.
선한 일을 하게 되면 그것이 점점 커져 나가 세상 사람들의
존경을 받지만, 조그만 것이라도 악한 일을 하면 나중에는 스스로가
걷잡을 수 없게 되는 것이다."
공자는 말을 계속했다.
"내가 하는 말을 새겨 들어라. 본시 말을 꾸미는 자는
마음이 바르지 못한 것이요, 행동을 꾸미는 자는
자랑이 앞서는 사람이다. 또한 재주를 드러내고자 하는 자는 소인이니
군자를 아는 것과 알지 못하는 것을 분명히 해야 한다.
군자는 아는 것은 안다고 하고 모르는 것은 절대 모른다고 한다.
또한 행할 수 있는 것은 행하고 그렇지 못한 것은 행하지 않는다.
바로 이것이 지혜가 있고 덕이 있는 것이다."

능서能書 는 붓을 가리지 않는다

당나라 때에는 서도(書道)가 크게 유행하였는데 글씨를 잘 쓰기로는
우세남을 비롯하여 저수량·안진경·구양순 등이 유명했다.
구양순은 처음에 수나라의 태상 박사가 되었다가 당조에 들어와
태종 때에는 홍문관 박사에 제수되었다.
그는 서도의 달인으로 세상 사람들은 그의 필체를 '솔경체(率更體)' 라고
불렀다. 또 그의 필체의 웅려함은 스승인 왕희지를 능가한다고 말할
정도였다. 그의 아들 통(通) 역시 글의 달인으로 사람들은 그를
아버지에 빗대어 소구양(小歐陽)이라고 불렀다.
어느 때인가 저수량이 우세남에게 물었다.
"내 글과 구양순의 글을 비교한다면 어느 쪽이 우세합니까?"
우세남이 대답했다.
"구양순은 종이나 붓에 대해서는 일절 불평하지 않네.
그는 어떤 붓이든 간에 종이만 있으면 글이 이루어지는 달인이니
자네는 따라갈 수가 없을 것일세."
이 말에 저수량은 웃고 말았다.

뱃놀이로 채나라를 치다

채나라 국왕의 딸이 환공(桓公)의 부인이 되었다.
그런데그녀는 나이가 어려서인지 장난이 무척 심했다.
어느 날 환공이 부인과 뱃놀이를 하게 되었는데 가만가만 뱃전에서
몸을 흔들어 대던 부인이 점점 거칠게 뱃전을 잡고 흔들어 댔다.
평소 물을 두려워하던 환공은 부인의 장난에 파랗게 질릴 정도였다.
환공은 장난이 심한 부인을 혼내 주려고 배에서 내리자마자 부인을
친정으로 쫓아 버렸다. 그런데 채왕의 딸은 친정으로 돌아가자
다른 사내에게 출가해 버렸다. 환공은 격분하여 채나라를 치기로
마음먹었다. 그러자 관중이 앞을 막고 간했다.
"공께서 군사를 움직이시는 것은 옳지 않습니다. 이것은 엄밀히 말해
부부간에 일어난 사소한 문제일 수 있습니다. 여러 제후들이
이를 알게 되면 조소를 던질 뿐으로 공이 꿈꾸시는 천하의 패자가
되는 공업을 이루시지는 못할 것입니다. 진정하셔야 합니다."
그러나 여전히 화가 풀리지 않은 환공은 무슨 수를 써서라도
채나라를 공격하고자 했다. 그러자 관중이 다시 말했다.
"채나라를 치시려거든 먼저 초나라를 공격하십시오. 지금 초나라는
우리에게 바칠 공물을 3년이나 바치지 않고 있습니다. 명분은 천자를
위해 병사를 움직인다고 공표하셔야 합니다. 그 다음에 채나라를
치십시오. 이때에는 '내가 천자를 위해 병사를 움직였는데
채나라가 돕지 않았으니 마땅히 채나라를 토벌한다' 고 하십시오.
이러한 대의 명분이 있어야만 천하의 제후들에게 공감을 얻을 수 있고
개인적인 원한도 갚을 수 있습니다."

도둑을 잡는 법

진(晉)나라에는 워낙 도둑이 들끓어 백성들이 곤욕을 치렀다.
이 당시 극옹이라는 사람이 있었는데 그는 도둑의 관상을
잘 보았다. 한 번 눈을 깜빡이거나 속눈썹만 보아도
도둑이 어떤 처지에 있는지를 알 정도였다.
한 번은 진나라 임금이 백 명을 세워 놓고 그에게 도둑을
찾아내라고 했다. 그는 단번에 누가 도둑인지를 알아내었다.
왕이 이 일을 조문자(趙文子)에게 말했다.
"나는 도둑을 잡아내는 사람을 찾았소.
이제부터는 도둑을 잡는 데에 많은 사람이 필요하지 않을 것이오."
그러자 조문자가 말했다.
"임금께서는 도둑의 관상을 보고 잘 수색하기만 하면 도둑이
없어질 것으로 생각하시지만 그것 가지고는 안 됩니다.
그뿐 아니라 극옹이라는 사람은 반드시 제 명에 죽지 못할 것입니다."
과연 그로부터 얼마 후에 도둑의 무리들은 회의를 열었다.
자신들이 곤궁에 빠진 것은 모두 극옹 때문이므로 그를 살해하자는
모의였다. 과연 극옹은 얼마 후에 도둑들에게 살해당했다.
소식을 들은 진나라 임금은 이 사실을 조문자에게 알려주었다.
"과연 당신 말대로 극옹이 도둑들에 의해 죽고 말았소.
그러면 당신은 도둑을 잡을 무슨 좋은 방법이라도 있소?"
문자는 이렇게 대답하였다.

"주나라의 속담에 이런 말이 있습니다. '물고기를 잡는 데
연못 밑까지 바라보고 있는 사람에게는 반드시 좋지 못한 일이 생긴다.
사람을 알아보는 데 남이 숨기고 있는 가슴속 비밀까지 탐지해 내는
지혜가 있는 사람은 반드시 재앙이 미친다'고 했습니다.
그러니 임금께서 정작 도둑을 없애려면 먼저 어진 사람을 등용하여
그 일을 맡기고 그로 하여금 윗자리에 있는 사람을 감화시켜 벅성들이
수치심을 느끼게 되면 도둑질을 하라고 해도 아니할 것입니다."
이렇게 해서 진나라 임금은 수회(隨會)라는 도둑을 기용해
앞으로 펼칠 정책을 백성들에게 알리게 하였다.
이로부터 도둑들은 이런 좋은 나라에서 도둑질을 할 수 없다 하여
모두 진나라를 떠나게 되었다.

밑 빠진 옥 술잔

당계공이 한나라 왕에게 말했다.

"아주 귀한 옥으로 술잔을 만들었습니다.

그런데 그 잔의 밑이 빠졌다면 술을 담아둘 수 있겠습니까?"

"내가 어린아이도 아닌데 그런 것을 묻소. 당연히 술을 담을 수 없지."

"그렇습니다. 아무리 귀한 술잔이라도 밑이 빠졌다면

술을 담을 수 없습니다. 그렇다면 전하, 흙으로 만든 술잔이 있는데

밑이 빠지지 않았다면 술을 담을 수 있겠습니까?"

"당연한 일이오."

"그렇습니다. 아무리 보잘것없는 흙으로 만든 잔이라도 밑이

빠지지 않았다면 술을 담을 수 있습니다. 이와 반대로 값비싼 옥으로

만들었다고 해도 밑이 빠졌다면 술을 담아 둘 수 없습니다.

마찬가지로, 아무리 높은 자리에 있는 왕이라도 신하들의 말을 귀담아

듣지 않으면 그것은 밑이 빠진 옥 술잔과 같이 소용없는 것입니다."

세상에서 가장 나쁜 옷

진나라 시황제가 중원을 통일하고 오랑캐 무리들까지 복속시키려고
군사를 일으키자 재상인 이사는 헌 누더기를 걸치고 황제 앞으르
나아갔다. 당연히 황제는 이 괴이한 옷차림에 대해 물었다.
"재상은 어찌하여 이렇듯 누더기를 걸치고 내 앞에 왔소?"
"황제께서는 이 옷을 누더기라고 하십니다만,
세상에는 이 옷보다 백 배나 나쁜 옷이 있습니다."
"그게 무슨 옷이오?"
"바로 병사들이 입는 갑옷입니다."
"어째서 갑옷이 나쁜가?"
"갑옷은 겨울에는 춥고 여름에는 무척 덥습니다.
황제께서는 중원을 통일하시어 그 위명은 천하에 떨쳐 있습니다.
그런데 무슨 연유로 백성들에게 갑옷 입히기를 좋아하십니까?
사람을 죽이고 마을을 파괴하는 일은
이제 그만두시는 것이 옳을 듯 싶습니다."

공자의 희망

어느 날 공자가 제자 안연과 자로를 불러 앉혀놓고 물었다.
"너희들의 희망이 무엇인지 말해 보아라."
먼저 자로가 말했다.
"저는 거마(車馬)와 털옷을 공유하다가 그것들이 상한다 해도
섭섭해 하지 않는 사람이 되고자 합니다."
이번에는 안연이 말했다.
"저는 선한 일을 하고도 자랑을 하지 않으며 또 공로가 있어도
자랑하지 않는 사람이 되고 싶습니다."
마지막으로 공자가 말했다.
"나는 늙은이를 평안케 하며 친구에게 믿음이 있으며
연소자를 사랑으로 감싸 주고 싶을 뿐이다."

고기를 자른 세가지 덕

전한의 무제 때, 동방삭*은 자기 자신을 추천하는 글을
세 번씩이나 왕에게 올려 낭(郞)이라는 벼슬을 얻었다.
그는 행동이 기발하여 우스개스러운 사단이 자주 일어났다.
왕이 비단을 하사하면 늘 그 비단을 어깨에 메고 다니는 통에
미친 사람 취급을 받기도 했다.
중국에서는 한여름이면 왕이 신하들에게 고기를 하사하는 관습이
있었다. 동방삭이 그 자리에 나가 보니 하사할 고기는 준비되어
있었으나 나눠 줄 관리가 나오질 않았다. 동방삭은 칼을 빼어 고기를
자르더니 말없이 가져가 버렸다. 소식을 들은 왕이 동방삭을 불러
그 까닭을 묻자 그의 대답이 엉뚱했다.
"소신이 고기를 잘라 낸 것은 참으로 무엄한 일입니다만 칼을 빼어
고기를 베었으니 이 얼마나 장한 일입니까. 또한 고기는 조금밖에
가지고 가지 않았으니 그 얼마나 청렴한 일입니까. 그리고 가져간
고기를 아내에게 먹였으니 그 얼마나 두터운 정입니까."
왕은 화를 내기는커녕 웃고 말았다. 이날 왕은 동방삭에게
고기 백 근과 술 한 섬을 하사했다.

* 東方朔 : 중국 전한의 문인. 상시랑 · 태중대부를 지냄. 해학 · 변설 · 직간으로 이름이 남.

원추의 울음

전국 시대 양나라에 혜자(惠子)란 재상이 있었다.
어느 날 장자(莊子)가 그를 만나러 갔는데 누군가가 귓속말로
소곤거렸다. 장자가 그의 관직을 빼앗으러 왔다고 모함한 것이다.
혜자는 즉시 장자를 잡아 오게 했다. 태연히 혜자 앞에 나선 장자는
넌지시 다음과 같은 이야기를 해주었다.
"남쪽 지방에 봉황의 일종인 원추라는 새가 있는데 남쪽 끝에서
북쪽 끝으로 날아가지요. 그 새는 반드시 대나무 열매만 먹고 쉴 때는
오동나무에만 앉으며 물은 샘물만 마신답니다. 이 새가 하늘을 나는
중에 가만히 아래를 내려다보니 올빼미가 썩은 쥐를 가지고 있다가,
그것을 원추에게 빼앗길까 봐 '꽥' 하고 울더랍니다. 보아하니 당신은
내가 그 재상 자리를 빼앗을까 봐 '꽥' 하고 우는 것이오?"

골동품을 가진 거지

옛날 중국에 골동품을 무척 좋아하는 사람이 있었다.
하루는 어떤 사람이 그를 찾아와 헌 바가지 하나를 내놓으며
'이것은 그 옛날 기산에서 요 임금이 자신의 보위를 허유*에게
양위하겠다고 했을 때 그가 더러운 말을 들었다고 귀를 씻은
바가지요' 하고 말하자, 그는 많은 돈을 주고 바가지를 샀다.
또 한 번은 어떤 사람이 낡아 빠진 방석 하나를 들고 와서
'이것은 공자께서 곡부의 은행나무 아래에서 강론을 하실 때에 깔고
앉았던 방석이오' 하는 바람에 재산의 반을 주고 그것을 샀다.
그러던 며칠 후에 또 한 사람이 기다란 지팡이를 가지고 와서
'이것은 후한 때의 도사인 비장방(費長房)이 스승의 병을 고쳐 주기
위해 축지법을 쓸 때 타고 다녔던 지팡이오' 하자 나머지 재산을 주고
그것을 입수했다.
모든 재산을 탕진한 그 부자가 쪽박을 차고 방석을 든 채
지팡이를 짚고 걸어가자 영락없는 거지의 몰골이었다.

* 許由 : 중국 고대 전설상의 인물.

질 수밖에 없는 이유

조나라에 말 다루는 솜씨가 뛰어난 왕자기라는 사람이 있었다.
한 번은 조나라 왕이 그를 불러 말했다.
"그대의 말을 다루는 솜씨가 뛰어나다고 하니
내게도 가르쳐 주길 바라오."
왕자기는 말을 잘 다루는 요령을 왕에게 가르쳐 주었다.
얼마의 시간이 지나, 요령을 익힌 왕은 왕자기에게 물었다.
"어떤가, 이만 하면 나도 자네만큼 말을 다룰 수 있겠지?"
"그렇습니다."
"그렇다면 자네와 내가 말 달리기 시합을 하세."
이윽고 왕자기와 왕은 말 달리기 시합을 하게 되었다.
하지만 세 번을 달려 세 번 모두 왕자기에게 지고 말았다.
왕은 세 번 모두 지자 벌컥 화를 냈다.
"자네는 내게 말을 제대로 다룰 수 있는 방법을 가르쳐 주지 않았네.
그렇지 않다면 내가 세 번씩이나 질 리가 없잖은가?"
"기술로 말한다면 왕께서는 결코 제게 떨어지지 않습니다.
그러나 기술을 쓰는 방법이 틀린 것 같습니다. 가장 중요한 것은 말을
몰 때의 마음입니다. 오로지 사람과 말이 하나가 되어야겠다는 생각이
중요합니다. 그러나 왕께서는 말을 타고 달리면서 조금만 뒤떨어지면
저를 앞지르려고 조바심을 칩니다. 어떻게든 앞서려고 신경을
쓰시게 되니 말과 한마음이 되어 달릴 수가 없어 제게 진 것입니다."

잃고 싶지 않은 보물

송나라의 삼공 벼슬에 있던 자한(子罕)이라는 이에게 어떤 사람이
옥을 가져왔다. 자한이 그것을 받지 않자 옥을 가져온 자가 말했다.
"이름난 감정사에게 의뢰하였더니 이 옥이 진짜로 판명났습니다.
그러니 받아 주십시오."
그러자 자한이 말했다.
"나는 남의 물건을 탐내지 않는 것을 '마음의 보배'로 생각하고 있소.
만일 내가 이 옥을 받으면 내 마음속에 간직한 보배를 잃는 것이고,
자네 역시 귀한 옥을 가져와 나에게 주니 스스로 보배를 잃는 것이오.
그러니 서로가 귀한 보배를 잃지 않기 위해서라도
이 옥을 가지고 돌아가시오."

함께 할 자

어느 날 공자가 안자에게 말했다.

"등용이 되면 나아갔다가 버려지면 다시 들어앉는 것은
너와 나만이 실천할 수 있을 것이다."

그러자 안자가 물었다.

"선생님이 삼군을 통솔하실 병권을 손에 넣는다면
그 일을 누구와 하시겠습니까?"

그 말에 대한 공자의 답변은 이러했다.

"맨손으로 호랑이에게 달려들고 황하를 맨발로 건너려 하며
죽어도 뉘우침이 없는 사람과는 일을 도모하지 않을 것이다."

믿는 것

장필무(張弼武)는 무략과 역학어 밝았으며 불의와 타협을 모르는
강직한 조선 중기의 무관이었다.
그가 언젠가 양산 군수로 있을 떠였다.
본시 양산은 경상남도 병마절도사와 동래 수군절도사의
관할하에 있었기 때문에 언제나 병사(兵使)와 수사(水使)의
불법적인 요구에 시달림을 받아야 했다.
양쪽에서 아무리 뇌물을 바치라고 닦달을 해도 장필무는
꿈쩍도 하지 않았다. 화가 난 병사와 수사가 그에게 들이닥쳐
불호령을 떨어뜨렸다.
"네가 감히 무엇을 믿고 무엄하게 구느냐?"
장필무는 태연스럽게 대꾸했다.
"내가 믿는 것이라고는 세 칸짜리 초가뿐입니다.
하온데 제가 잘못한 일이라도 있습니까?"

긴 것은 쓰고 짧은 것은 버린다

맹자의 스승 자사가 장수 구변을 위후에게 천거했다.

그러나 위후는,

"그 사람은 옛날 하급 관리로 있을 때에 달걀 두 개를 훔쳐 먹은 잡니다.

그런데 어떻게 장군으로 발탁할 수 있겠습니까?"

라며 반대했다. 그러자 자사가 말했다.

"성인이 사람을 쓸 때에는 목수가 목재를 쓰는 것과 같아야 합니다.

긴 것은 쓰고 짧은 것은 버리지요. 긴 것이라면 어느 정도

썩은 곳이 있어도 잘라 낸 후 쓰면 되므로 그리 하는 것이지요.

훌륭한 목수는 결코 긴 목재를 버리지 않습니다."

유능한 대장장이가 되는 법

옛날 부여 땅에 김씨 성을 쓰는 대장장이가 있었다. 어떤 사람이 그에게,
"유명한 대장장이가 되려면 어떻게 해야 합니까?"
하고 물었다.
그러자 그는,
"그런 사람이 되기 위해서는 다른 사람들이 만든 것 중에서
훌륭한 점을 찾아내는 것입니다."
하고 대답해 주었다.

동방삭은 탄천에서 사로잡히고

동방삭은 한 무제 때에 기행으로 널리 알려진 인물이다.
세속을 떠난 초연한 행동으로 어떤 때는 미친놈 취급을 받기도 했지만
무제는 항상 곁에 두고 그의 기행을 보며 즐거워했다.
어느 날 신선인 서왕모(西王母)가 삼천 년만에 하나 열리는 반도(蟠桃)를
무제에게 보냈다. 이를 본 동방삭은 반도를 먹고 싶은 충동을
이기지 못해 그것을 훔쳐 먹고 말았다. 이렇게 하여 얻은 죄로 인해
동방삭은 음부에 끌려갔는데 저승사자가 잠시 한눈을 파는 사이
생사부에 씌어 있는 자신의 나이를 삼천(三千)으로 고쳐 놓았다.
저승의 판관은 동방삭이 삼천 살이나 살 수 있다는 기록을 보고
이승으로 다시 돌려 보냈다.
얼마 후 생사부가 변조되었다는 사실을 안 염라대왕은 차사를
지상으로 보내어 동방삭을 잡아 오게 하였다. 그러나 차사는 넓은 세상
천지 어느 곳에 그가 있는지를 모르는 터라 한 가지 꾀를 생각해 냈다.
차사는 커다란 숯을 구해 날마다 탄천에서 갈아댔다.
물은 숯으로 인해 시커멓게 변했다.
며칠이 지났다. 마침 변장한 동방삭이 그곳을 지나가다 물었다.
"도대체 무슨 일로 물 속에서 숯을 갈고 있소?"
"숯이 워낙 까맣기 때문에 하얗게 되도록 갈고 있소."
"나는 삼천 갑자를 살았어도 그런 소리는 처음 들어 보겠소.
아무리 숯을 간다고 하얘질 수 있겠소?"
한참 동안 껄껄대던 동방삭의 얼굴이 하얗게 질려 버렸다.
숯을 갈고 있던 사람은 바로 저승 차사였던 것이다.

송나라가 아니라 연나라일세

송추(誦楸)는 송나라에서 태어나 초나라에서 자랐다.
따라서 고향에 대한 그리움이 남달랐다. 그런 송추가 나이가 들어
고국인 송나라로 가던 중에 연나라를 지나게 되었다.
그때 함께 길을 가던 사람이 그를 놀려주기 위해 거짓말을 했다.
"여보게, 저기 빙 둘러쳐진 성곽이 있는 저 곳이
자네의 고국 송나라일세."
순간 송추는 얼굴빛이 달라졌다.
"여보게, 사당이 있는 저 곳이 자네가 태어난 마을이라네."
송추는 한숨을 몰아쉬었다.
"여보게, 저기 있는 집이 바로 자네의 선친이 사시던 집일세."
송추는 눈물을 주루룩 흘렸다.
"여보게, 저기 있는 봉분이 바로 자네 선친의 무덤일세."
그러자 송추는 걷잡을 수 없이 눈물을 흘렸다. 동행하던 사람은 자신의
말에 속아 통곡을 하는 송추를 물끄러미 바라보다가 크게 웃어댔다.
"여보게, 자네는 내게 속았네. 여기는 송나라가 아니라 연나라일세."
이 말을 들은 송추는 무척 부끄러웠다. 송나라에 들어가
진짜 선친이 살았던 고향 집과 선친이 묻힌 무덤을 보았지만
전처럼 눈물을 흘리지는 않았다.

활 쏘는 법

초나라 사람 양유기는 활을 잘 쏘기로 유명했다. 그는 오백 보 거리의
버드나무 잎사귀를 맞출 정도로 활 솜씨가 뛰어났다. 사람들의 찬사도
대단해서 양유기는 거의 매일 사람들 앞에서 자신의 활 솜씨를 뽐냈다.
그러던 어느 날, 양유기가 사람들에 둘러싸여 활을 쏘고 있을 때
근방을 지나가던 한 사람이 불쑥 양유기에게 말했다.
"내가 당신에게 활 쏘는 법을 가르쳐 주겠소."
"모든 사람들이 나를 활 쏘기의 명인이라고 부르는데 당신은
나를 칭찬하기는커녕 오히려 활 쏘기를 가르친다고 하는군요."
"나는 당신에게 활을 쏘는 방법을 가르치려는 게 아니오.
다만, 당신의 마음가짐을 고쳐주고 싶은 것이오."
"마음가짐이라니요?"
"아무리 좋은 일이라도 정도가 지나치면 재앙을 불러들이는 법이오.
당신의 활 솜씨가 몹시 뛰어나다는 것을 나도 알고 있소.
그러나 그것을 자랑하여 날마다 활을 쏜다면 활은 구부러지고
또한 시위는 부러질 것이오. 그렇게 되면 화살은 하나도 맞지
않을 것이며, 지금까지의 명성은 사라지고 말 것이오.
그러니 이제부터라도 자제하는 것이 좋을 것이오."

도둑 잡는 법

조조가 승상으로 있을 때 집 앞뜰에 열매를 잘 맺는
비파 나무를 심었다. 조조는 이 나무를 사랑하여 어느 누구든
비파 열매를 따지 못하도록 엄명을 내렸다.
그러던 어느 날 조조가 잠시 집을 비웠다 돌아와 보니
비파 열매가 없어졌다. 조조는 의심이 가는 부하가 몇 있었으나
막무가내로 그들을 닦달하는 것도 뭐해서 무작정 그 비파 나무를
베어 버리라고 명을 내렸다.
그러자 한 부하가 그렇게 맛있는 비파가 열리는 나무를
왜 베어 버리느냐고 말했다.
조조는 그제서야 비파를 몰래 따먹은 범인을 잡았다.

뱀 꼬리의 야심

조그만 머리에 긴 몸을 끌고 다니는 뱀.
어느 날, 이 뱀의 꼬리는 곰곰이 생각에 빠졌다. 왜 자신은 항상
머리가 이끄는 대로 따라가야만 하는가. 꼬리는 그런 생각을 하다가
문득 화가 치밀어 투덜거렸다. 그래서 꼬리는 머리에게 지금부터는
자신이 앞서가겠다고 우겼다. 머리는 어이가 없어 어떻게든
꼬리를 설득하려고 애를 썼다.
"얘, 너는 눈이 없으니 앞을 인도할 수가 없어.
그러니 내가 앞서가야만 위험한 일이 생기지 않거든.
그리고 말야, 너는 귀가 없으니 들을 수도 없을 뿐만 아니라
두뇌가 없으므로 무슨 일이나 정확히 할 수 없잖아."
하지만 꼬리는 막무가내였다. 자신도 얼마든지 잘할 수 있다는
것이었다. 머리는 할 수 없이 체념해 버렸다. 그렇게 하여 꼬리는
앞장서 몸뚱이를 이쪽 저쪽으로 인도해 갔다.
하지만 한동안 길을 가다가 뱀은 그만 연못에 빠져 버렸다.
간신히 머리의 도움으로 연못에서 나온 꼬리는
이번에는 가시덤불에 끼여 여기저기에 상처를 입었다.
하지만 꼬리의 고집은 여전했다. 자신의 허물을 인정하지 않고
열심히 어딘지도 모르는 곳으로 기어갔다. 그러다 그만 불길에
휩싸여 버렸다. 놀란 머리가 온 힘을 다해 빠져나오려고 애를 썼으나
불길이 너무나 거세서 뱀은 그만 불에 타 죽고 말았다.

먹던 것을 뱉고 손님을 맞이한 주공

상(商)나라의 주왕이 무도하여 그를 토벌한 주나라 무왕은
나라 다스리는 데 밤낮을 가리지 않고 열심을 보이다가 건강을 크게
해쳤다. 그가 상나라를 토벌한 후 몇 해만에 세상을 떠나자
뒤를 이어 태자 송(誦)이 보위에 오르니 이가 곧 성왕이다.
그러나 왕이 아직 어리므로 나라는 주공이 섭정했다.
그는 성심으로 왕을 보필했다. 관숙과 채숙의 난을 평정한 후
모든 것을 성왕에게 물려주고 섭정의 자리에서 물러나
성왕이 친정할 수 있도록 기틀을 마련했다.
어느 날 주공이 머리를 감을 때였다. 갑자기 손님이 찾아오자
그는 감던 머리를 움켜쥐고 손님을 맞이하였다. 또한 밥을 먹을 때
손님이 오면 입 안에 든 음식을 뱉고 황급히 뛰어나갔다.
주공이 이렇게 남을 대한 것은 어진 사람을 잃지 않기 위해서였다.

외다리 친구

자산*은 친구 신도가와 함께 백혼무인을 스승으로 모시고 있었다.
그런데 자산은 신도가의 다리가 하나뿐이었기 때문에
함께 다니는 것을 싫어했다.
어느 날 자산은 신도가에게 말했다.
"이제 자네와 나는 함께 다니지 않는 게 좋겠네. 공부가 끝나면
내가 먼저 나갈 테니 자네는 나중에 나오게."
다음날 두 사람은 스승의 집에서 만났다. 공부가 끝나자
자산이 신도가에게 말했다.
"나는 지금 나갈 것이니 자네는 뒷문으로 나오게."
신도가의 대답이 퉁명스러웠다.
"그럴 필요 없네."
"허, 자네는 내가 이 나라의 대신이라는 사실을 잊었는가.
아무리 자네가 친구라지만 이 나라의 대신을 보고 물러설 줄을
모르다니 말이 되는가. 내가 자네와 똑같다고 생각하나?"
"우리는 똑같이 스승님의 제자가 아닌가. 그런데 어찌 높고 낮음이
있을 수가 있단 말인가. 자네는 지금 이 나라의 대신이라고 친구를
업신여기네만, '거울이 맑은 것은 먼지가 내려앉지 않기 때문'이라는
것을 자네가 모르지는 않을 것이네. 다시 말해 어진 사람과 함께
있으면 잘못이 없어진다는 말이네. 우리가 모시고 있는 스승님은
참으로 어진 분이시네. 그런데도 지위가 높고 낮은 것을 따지겠는가?"

"자네는 다리가 그 모양인데도 수양과 덕이 높은 것처럼
말을 하는구면. 자네는 이제부터 겸손해질 수 없겠는가!"
"세상 사람들은 두 다리가 온전하다는 것만으로 다리가 하나뿐인
나를 비웃고 있네. 물론 그럴 때는 나도 몹시 화가 나네.
그러나 선생님 앞에 가면 모든 것을 잊어버리고 평안한 마음이 되지.
나는 선생님과 오랫동안 지내 왔지만 선생님은 내가 다리가 하나라는
걸 아직도 모르시네. 선생님이 사람을 외모로 보지 않는 탓이네.
그런데 선생님 밑에서 배우는 자네가 나를 병신이라 하여
깔보는 것이 옳은 일이겠는가?"
그제야 자산은 자신의 소견이 좁았음을 시인했다.

* 子産 : 중국 춘추시대 정나라의 정치가. 성문법을 만들어 국내를 통치했으며, 민완 외교가로 알려짐.

의를 산 풍환

풍환(馮驩)은 맹상군의 식객이었다.
그는 얼굴이며 풍채도 그럴 듯하고 꼬집어 설명할 수는 없지만
독특한 멋이 있어 상객(上客) 대우를 받고 있었다.
어느 해 맹상군은 흉년을 만나 식객 3천 명을 먹이기가 힘들었다.
그런 이유로 자신의 영지인 '설' 땅에 빚놀이를 하던 돈을
거둬들이려고 마땅한 사람을 구했다. 그때 식객들이 추천한 사람이
바로 풍환이었다.
풍환은 떠나기 전 맹상군에게 돈을 받으면 무엇이든
이 집에 필요한 것 한 가지를 사와도 되겠느냐고 물었다.
맹상군은 기꺼이 허락해 주었다.
그리하여 풍환은 '설' 땅으로 갔다. 그는 돈이 많은 사람에게서
얼마간의 돈을 거두어 크게 잔치를 열고 빚쟁이들을 모두 불러 모았다.
그들은 빚을 받으러 맹상군의 사자가 왔다는 말에 다른 곳으로
도망을 가려 했지만, 잔치를 연다는 말에 우선 주린 배나 채워 보려고
아침부터 구름처럼 모여들었다. 이들 중에는 빚을 갚기 위해
온 사람도 적지 않았다. 또한 이자만 가지고 온 사람,
빈손으로 온 사람도 있었다. 그러나 흉년이 든 마당이고 보니 먹는
욕심보다는 장차의 일이 걱정되어 그들은 입맛을 잃고 있었다.
사람들이 모이자 풍환은 일장 연설을 하기 시작했다.

"나는 맹상군을 대신하여 온 풍환이오. 전날 맹상군이 여러분에게
돈을 빌려 준 것은 이자를 받기 위해서가 아니오. 맹상군께서는
여러분들이 생업에 필요한 자금을 마련해 주기 위해 그렇게 한 것이오.
그런데 천하가 흉년이 들어 마땅히 가계를 꾸려가기 막막한 처지다
보니 맹상군께서는 여러분의 모든 빚을 탕감해 주라는 명을 내리셨소.
또한 여러분 앞에서 모든 차용증서에 불을 지르라고 하셨으니
나는 지금 그 말을 따르겠소!"
풍환은 모든 차용증서에 불을 질렀다. 모여든 사람들은
너무나 기뻐 함성을 질렀다. 그야말로 잔치 마당이었다.
다음날 새벽, 풍환은 그곳을 떠나 맹상군 집으로 돌아왔다.
예정보다 빨리 온 풍환을 보고 맹상군이 물었다.
"그래, 빚은 다 받아왔소?"
"다 받았습니다. 다만, 무엇을 좀 사 가지고 왔습니다."
"그래, 무엇을 사 오셨소?"
"제가 보기에는 이 집에 의(義)가 부족한 듯합니다. 창고에는 갖가지
진귀한 물건들이 가득 차 있고 마필이며 미인들이 넘쳐납니다.
다만 없는 것은 의(義)이기에 그것을 사 가지고 왔습니다."
풍환은 자신이 '설' 땅에서 차용증서에 불을 지른 이야기를 했다.
맹상군의 얼굴이 이내 하얗게 질려 버렸다. 그러나 자신이 무엇이건
필요한 것을 사 오라고 허락했기 때문에 더 이상 추궁할 수가 없었다.
자리에서 일어나던 풍환이 한마디 덧붙여 말했다.

"지금 천하가 흉년이 들어 백성들이 고생하고 있습니다.
당장에 먹을 것이 없어 나무 뿌리나 풀뿌리를 찾아 헤매는 백성들에게
차용증서를 들이미는 것은 차라리 죽으라고 비수를 들이대는 것과
다름없습니다. 만약 빚을 갚을 능력이 없는 그들을 닦달한다면
필경 다른 지방으로 도망칠 것이 뻔합니다. 백성이 없는 '설' 땅이
무슨 소용이 있겠습니까. 어차피 그렇게 되면 차용증서는 쓸모 없는
종이 조각에 불과할 테니 백성들을 그곳에 붙들어 놓는 것이
더 현명한 처사가 아니겠습니까."
그러나 맹상군의 얼굴은 좋은 기색이 아니었다.
다음해 제나라 왕은 진나라의 간첩이 퍼뜨린 유언비어에 속아
맹상군을 재상의 자리에서 밀어냈다.
맹상군은 할 수 없이 자신의 영지인 '설' 땅으로 돌아가게 되었는데,
백성들은 구름처럼 모여들어 맹상군 만세를 외치며 그를 영접했다.
이 광경을 보고 맹상군은 감격하여 어쩔 줄 몰라했다.

사람의 마음은 유리한 쪽으로 쏠린다

중국의 한나라 때에 적공(翟公)이란 사람은 정위(廷尉)라는 벼슬에
있었다. 이 자리는 관리의 허물을 적어 요로에 올리기도 하고
재주 있는 선비들을 추천해 주는 부서였다.
따라서 그의 집을 찾아오는 사람들이 많았다.
하지만 적공은 엄정하고 공명 정대한 사람이었다.
그는 자신이 추천한 사람이라도 허물이 발생하면 즉시
그 자를 벼슬길에서 몰아내었다. 그러나 어떤 일에 대해 시비를 분명히
가리려 들면 높은 관리에게 청을 넣어 그 일을 흐지부지하게 만들어
버리는 일이 종종 있었다. 적공은 이것이 싫어서 스스로 사임했다.
자연 그의 집을 찾는 사람들의 발길이 뚝 끊어졌다.
적공 스스로 말하기를, "내가 벼슬을 그만두니 찾는 사람이 없어
대문에 새그물을 칠 정도로 한가하다" 할 정도였다.
얼마 후 적공이 복직되었다. 사람들은 다시 그의 집에 몰려들었다.
그는 곧 대문에다 이런 말을 써 붙였다.
〈……한번 죽었다가 다시 태어나면 사귀는 정을 알겠고,
한번 가난했다가 부자가 되니 사귀는 태도를 알겠으며,
한번 귀해졌다가 천해지니 사귀는 정이 곧 나타나는구나.〉

보리밭 밟고 소 잃다

하징서(夏徵舒)가 진(陳)나라의 임금을 죽였다. 소식을 들은 초 장왕은
하징서를 토벌하기 위해 진나라로 쳐들어갔다. 그리고 병사를 몰고 간
김에 진나라를 송두리째 초나라 영토로 삼고 말았다.
이 무렵 다른 나라로 사신 일행을 데리고 갔던 신숙시(申叔時)라는
이가 돌아왔는데, 그는 왕에게 복명을 하지 않고 여러 날 동안
두문불출하였다. 이를 이상히 여겨 왕이 이유를 묻자
신숙시는 거리낌 없이 이렇게 말했다.
"소신이 오던 중에 참으로 이상한 걸 보았습니다.
어떤 농부가 소를 몰고 남의 보리밭을 지나다가 얼마간 보리를
밟았습니다. 이를 본 밭 주인이 달려오더니 그만 상대방의 소를
빼앗았습니다. 이 일을 왕께서는 어찌 생각하십니까?"
왕은 서슴없이 대답했다.
"그건 너무한 일이구먼. 그런 일이라면 주의를 주든지 얼마간 손해를
물리면 될 일 아닌가. 그런데 소를 빼앗았다면 너무 한 일인데 그래."
신숙시는 기다렸다는 듯이 말을 받았다.
"왕께서는 다른 사람의 일은 그렇게 잘 판단하시면서
어째 자신의 일은 판단하지 못하십니까. 무도한 자가 임금을 죽였으니
당연히 벌을 받아 마땅하지만, 그렇다고 나라를 멸망시킬 정도의 것은
아닙니다. 왕께서 하신 일은 보리밭을 밟았다고 소를 빼앗는 것과
다를 바 무엇입니까!"
이 말을 들은 장왕은 즐겁게 웃고 나서 모든 군사를 거두어 돌아갔다.

세 가지의 재앙

진 문공이 후원 서쪽에 7층으로 된 호화로운 누각을 지으려고 하자
대부 벼슬에 있는 상우한(商于旱)이 반대를 하고 나섰다.
"지금 왕께서 서쪽에 호화로운 누각을 지으려는 계획을
취소하지 않으신다면 필경 재앙을 맞게 될 것입니다."
"그게 무슨 말인가. 서쪽에 누각을 짓는다고 무슨 재앙이 내린단 말인가?
쓸데없는 말은 그만하고 어서 물러가라."
상우한이 물러가지 않자 왕은 신하 동철기(董哲起)에게 다시 물었다.
"내가 후원 서쪽에 누각을 지으려고 하는데 반대하는 자가 있다.
그대 생각은 어떤지 말해 보라."
"세상에는 세 가지 재앙이 있습니다만, 후원 서쪽에 누각을 짓는 것은
재앙과 관계가 있습니다."
"세 가지 재앙이 무엇인가?"
"첫번째 재앙은 예의를 행하지 않은 것이며
두 번째 재앙은 욕심이 끝이 없다는 것이며,
세 번째 재앙은 간절한 충고에 귀를 기울이지 않은 것입니다."
진 문공은 한동안 말이 없더니 누각을 지으려는 공사를 취소해 버렸다.

벼슬을 주겠다는 의미

어떤 사람이 찾아오자 묵자(墨子)는 대뜸 그의 몸매부터 유심히
살폈다. 건강한 체구에 머리 또한 영리해 보였다.
그리고 학문을 배우면 장차 유용한 일을 할 것이라고 생각했다.
"보아하니 자네는 학문 연구에 게으름을 피우지 않으면
머지 않아 크게 출세할 것이네."
"저는 공부하는 것이 질색입니다."
"그렇지 않네. 자네가 공부를 하면 벼슬 자리는 내가 책임지고
알선해 주겠네."
이 말을 듣고 그 사람은 묵자의 문하에 들어와 공부를 하기 시작했다.
1년 여의 시간이 지나자 그 사람이 묵자에게 말했다.
"약속하신 대로 저에게 벼슬을 내려주십시오."
그런데 묵자의 말이 뜻밖이었다.
"자네에게는 벼슬을 얻어 줄 수 없네."
"약속이 틀리잖습니까?"
"노나라에 이런 얘기가 있지. 어떤 사람이 아들을 다섯 명이나 남기고
죽었지. 그런데 큰아들이 술 주정뱅이여서 장례를 치를 생각도
하지 않고 있었네. 동생들은 의논을 한 끝에 형에게 말했지.
'형님, 우리가 술을 사 드릴 테니 형님께서 아버님의 장례를 치러
주십시오.' 큰아들은 동생들의 말대로 아버지의 장례를 치른 뒤
술을 사달라고 했지. 그러자 동생들은 이렇게 말했다네.

'아버지는 우리들만의 아버지가 아니고 형님에게도 아버지입니다. 그런데 형님이 술을 너무 좋아하여 장례를 치르려 하지 않으시니 이웃 사람들에게 웃음거리가 될 수밖에 없는 일입니다. 그래서 부득이 그런 편법을 쓴 것이니 형님께서 술을 사달라고 하는 것은 도리에 맞지 않습니다.' 이와 마찬가지로 내가 자네에게 벼슬 자리를 주선해 주겠다고 말한 것은 자네가 배우지 않으면 세상 사람들에게 웃음거리가 될 것 같기에 편법을 쓴 것이지 자네에게 벼슬 자리를 알선해 주고 싶어서 그리한 것이 아니네. 내가 자네에게 학문을 전하고자 한 목적은 바로 여기에 있네."

대들보 위에 올라간 도둑

후한 말 진식(陳寔)이라는 사람이 태구현(太丘縣)의 현감으로
있을 때였다. 그는 근면 성실한 데다 학문이 높고 아랫사람을 마치
자식 대하듯 사랑하였다. 그가 다스리는 태구현의 백성들은
항상 격양가를 높이 부르고 편안한 잠자리를 누릴 수 있었다.
어느 해, 이 지방에 뜻밖에도 흉년이 찾아왔다. 다섯 섬 추수하던
집에서는 두 섬 남짓 거둬들였고, 두 섬 추수하던 집에서는
거의 빈손이 되다시피 하여 길거리로 나선 사람이 많았다.
백성들은 나무 껍질이나 풀뿌리로 근근히 목숨을 이어가지 않으면
안될 만큼 식량 사정이 좋지 않았다.
하루는 진식이 달빛을 벗삼아 밤늦도록 책을 읽고 있는데
도둑이 슬쩍 방안으로 들어왔다. 불이 꺼졌으니 당연히 사람이
자고 있을 것으로 생각했는데, 뜻밖에도 책을 읽고 있는 진식을
발견하자 도둑은 재빨리 대들보 위로 올라갔다.
도둑이 방안에 들어와 있는 것을 모를 리 없건만 진식은 모른 척하고
책을 읽다가 아들과 손자를 방안으로 불러들여 말했다.
"사람의 성품이란 본시 선한 것이지만 어쩌다 잘못 접어들어
나쁜 짓을 저지르게 된다. 그러기에 너희들은 항시 스스로를 반성하고
하루하루가 지나는 동안 무엇이 잘못되었는지를 되새김질해야 할
것이다. 이 세상에는 악인이 따로 없고 선한 이 또한 따로 없다.
누구든 자신의 욕심을 경계하고 스스로 부족한 것을 찾아내어

그것을 갈고 닦으면 장차 큰일을 할 수 있다. 근자에 이 지방에 흉년이
들어 먹을 것이 없는 사람들이 길거리를 방황하다가 배고픔을
이겨내지 못하고 잘못을 저지르기도 한다마는,
그렇다고 그 사람들이 본래부터 심성이 나빠 그런 것이 아니라
일시적인 불행 때문에 그런 것임을 알아야 할 것이다.
그러나 나쁜 짓이란 한 번 그 길에 빠져들면 다시 또 하게 되는 것이니
결국에는 세상 사람들에게 손가락질을 받게 된다.
예를 들자면 지금 대들보 위에 앉아 있는 군자가 바로 그렇다.”
그 말이 끝나기 무섭게 도둑은 대들보 위에서 내려와
이마가 방바닥에 닿도록 절을 하며 흐느껴 울었다.
진식은 그의 모습을 바라보며 부드럽게 말했다.
“그대의 얼굴이나 말하는 것으로 볼 때 애당초 도둑질을 할 사람은
아니다. 모두가 가난 때문에 생긴 일일 것이다.”
진식은 좋은 말로 도둑을 타이르고 나서 몇 필의 비단을 주어
돌려보냈다. 이때부터 도둑을 양상군자(梁上君子)라고
부르게 되었는데, 이러한 소문이 태구현에 퍼지자
고을 안을 시끌벅적하게 하던 도둑들은 모두 자취를 감춰 버렸다.

연암의 술 낚시

연암(燕岩) 박지원(朴趾源)은 집이 가난하여 좋아하는 술을
맘대로 마시지 못했다. 아무래도 손님이 와야 술을 마실 수 있었다.
그래서 연암은 길을 가다가 풍채가 그럴 듯한 사람을 보면
무조건 집으로 데리고 와 술 마실 미끼로 삼았다.
어느 날 그가 집 앞을 어슬렁거리는데 사인교 하나가 지나갔다.
연암은 다짜고짜 사인교 앞을 막아섰다.
"어느 벼슬 자리에 계시는 대감이신 줄은 모르오나
잠시 소인의 누추한 집에 들렀다 가십시오."
"나는 지금 입직(入直)하는 걸음이니 나중에 들러야 할 것 같소."
"그것 참 말이 통하지 않는군요. 아무리 임금을 모시는 분이라 한들
선비의 청을 거절할 수 있습니까. 내가 부지하세월로
대감을 잡아 두는 것도 아닌데 어째 거절하십니까."
사인교에 탔던 사람은 이 승지였다. 그는 상대의 무례함을
질책할까 하다가 연암의 호연한 기상에 이끌려 할 수 없이
그를 따라 집으로 들어갔다. 연암은 곧 아내를 향해 고함쳤다.
"손님이 왔으니 어서 술을 가져오시오!"
탁주 두 잔과 김치 몇 조각을 소반에 담아 내오자 연암은
앞에 놓인 잔을 쭉 들이켜고는 손님 것까지 마셔 버렸다. 그러고는
어안이 벙벙하여 물끄러미 바라보고 있는 이 승지에게 말했다.

"뭐 그렇게 놀랄 것까지는 없습니다.
손님께서는 내 술 낚시에 걸려든 것이오. 하하하!"
"아니 술 낚시라니요?"
연암은 그제서야 술 낚시의 내력을 들려주었다.
이날 밤, 이 승지는 궁궐에 들어가 정조에게 낮에 겪었던 일을
들려주었다. 그러자 정조가 말했다.
"그가 바로 연암 박지원이오. 자신의 재주를 믿고 방약무도하므로
이제껏 벼슬을 내리지 않았소. 집안이 그렇게 곤궁하다고 하니
이번에는 벼슬을 내려야겠스."
정조는 연암에게 초시(初試)를 거치게 한 후 1년도 못 되어
안의(安議) 현감에 임명했다.

무엇에 집중하는가

어느 날 장자가 울타리를 따라 걸으며 생각에 빠져 있을 때였다.
언뜻 고개를 들어보니 날개가 넓고 눈이 큰 까치 한 마리가
날고 있는 것이 눈에 들어왔다. 그 까치는 장자의 이마를 스치고
날아가서 밤나무 숲속에 들어가 나무가지 위에 앉았다.
"가만, 저건 까치 같은데 조금 이상하구먼.
날개가 커도 잘 날지를 못하고 눈이 큰데도 앞을 보지 못하는 것 같아."
장자는 이상하게 생각하여 그 새에게 다가가 활로 쏘려고 했다.
그런데 언뜻 옆을 바라보니 나무 숲 사이로 버마재비(사마귀) 한 마리가
매미를 잡아먹기 위해 기회를 노리고 있었다. 그리고 이상한 모양의
까치는 이 틈을 타서 사마귀를 잡아먹으려고 자신이 처한 위험을 잊고
있었다. 이러한 여러 모습들을 본 장자는 깜짝 놀랐다.
"아 모든 생물들은 이처럼 서로 잡아먹으려고 기회를 노리며 사는구나."
장자는 까치를 겨누었던 활을 내던지고 숲속을 빠져나왔다.
그때 밤나무 숲을 지키던 사람이 장자를 쫓아와 따졌다.
"당신은 저 숲속에 들어가 무엇을 한 것이오? 밤을 훔쳤소?"
장자는 물끄러미 그 사내를 올려다보다가 말없이 집으로 돌아왔다.
그리고 여러 달이 지나도록 말을 잊고 지냈다. 그 모습을 보고
제자들이 근심스러운 표정으로 이유를 묻자 장자는 이렇게 말했다.
"나는 얼마 전에 이상한 까치에게 사로잡혀 내가 밤나무 숲에 들어간
것도 잊고 있었다. 숲을 지키는 사람에게 좋지 않은 말을 들었는데
바깥 물건으로 인해서 내 본 정신을 잊고 있었음이 심히 불쾌하구나."

모란꽃을 피우는 재주

중국의 학자이며 시인인 한퇴지 선생이 유명해지기 전
어느 글방에서 아이들을 가르칠 때에 그의 조카도 이곳에 와서
글을 배웠다. 그의 조카는 보기에 공부를 열심히 하는데도
왠일인지 글이 늘지 않았다.
하루는 한퇴지가 조카아이를 불러 왜 공부가 늘지 않는지 묻자 조카는,
"제가 부족해서 그런 거지요."
하며 몹시 미안해하는 눈치더니 머뭇거리며 덧붙였다.
"제가 공부는 못하지만 모란만은 잘 가꿉니다."
그러던 어느 날 조카는 엉뚱한 말을 하고는 고향으로 돌아가 버렸다.
"앞으로 일 주일 후면 특별한 꽃이 필 것입니다."
과연 일 주일이 지나자 꽃이 피었다.
그리고 그 꽃잎에는 한퇴지가 고향을 떠나올 때 지은 시가 나타났다.

울면서 마속을 베다

이족(異族)의 싸움에서 선전한 마량(馬良)은 죽을 때에
그의 동생 마속을 제갈공명에게 부탁했다. 얼굴이 호남아인 데다
지략 세우기에 일가견이 있는 마속(馬謖)은 그 후 제갈공명의 양자가
되어 크고 작은 전투에 동행하였다.
촉나라 건흥 5년 3월. 제갈공명은 위를 공격하고자 삼군을 솔거해
성도를 출발하여 이 해 겨울에는 장안을 공격할 군대를
기산(祈山)으로 출동시켰다.
이후 촉나라 군사들은 군량미를 수송하는 데에 중요한 지점인
가정(街亭)을 방비하는 데 총력을 기울였다. 이곳이 만약 위나라로
넘어간다면 촉나라의 중원 제패에 막대한 타격을 줄 뿐만 아니라 향후
촉나라의 존립 문제에까지 막대한 영향을 끼치기 때문이었다.
제갈공명은 평소 가까이 두었던 마속에게 진지를 구축할 때
결코 높은 곳에 진영을 설치해서는 안 된다고 경고했다.
그러나 마속은 제갈공명의 말을 무시하고 높은 곳에 진을 쳐
그만 물길을 차단당해 대패한 후 한중으로 후퇴할 수밖에 없었다.
이를 본 제갈공명은 다른 장수들에게 말했다.
"마속은 뛰어난 장수다. 그를 살려 두어 다시 중원으로 진출할 때
공을 세우도록 해야 한다. 그러나 이것은 어디까지나 사사로운 정이다.
마속을 살려둠으로써 나라의 법을 문란하게 할 수 없으니
마땅히 처형해야 한다."
제갈공명은 형리에게 마속을 처형하도록 명하고 나서
펑펑 눈물을 쏟았다. '읍참마속(泣斬馬謖)' 이었다.

들쥐 잡으려다 집쥐를 놓치지 마라

진나라 임금 문공이 병사들을 이끌고 국외로 나가 제후들의 병력과
합하여 위나라를 공격하려고 했다. 이때 공자인 서(鋤)가 아버지의
계획을 듣고 하늘을 향해 크게 웃었다.
문공이 아들에게 그 이유를 물었다.
"너는 나라의 모든 사람들이 전쟁을 앞두고 긴장하고 있는데
어째서 혼자 웃는 게냐?"
"제가 지금 웃는 것은 다름 아니라 며칠 전 이웃집 사나이가 겪은 일이
생각나서입니다. 그는 아내를 친정에 보내려고 길을 떠났습니다.
그런데 길을 가는 도중 우연히 뽕밭을 지나가게 되었는데,
얼굴이 예쁜 여자가 뽕을 따고 있는 걸 보고는 음심이 발동한 것입니다.
그래서 그 여인을 불러들여 이런 저런 수작을 벌이다가 문득 뒤를
돌아보니 자기 아내도 어떤 사내와 정답게 얘기를 하고 있었답니다."
문공은 아들의 말에 문득 깨닫는 바가 있어 곧 군대를 철수하였다.
문공은 철수한 군대가 도착하기도 전에 다른 나라 병력이
물밀듯이 밀고 들어온다는 보고를 받았다.

명경지수는 군자의 마음

노(魯)나라에 왕태라는 올자(兀者)가 있었다. 올자는 형벌을 받아
발목이 잘린 사람을 말하는데, 왕태는 중형을 받았지만 학문이
뛰어나고 덕망 또한 높아 그의 제자가 되기를 간청하는 선비가 많았다.
왕태의 제자 되기를 청하는 선비가 마침내 공자(孔子) 문하생들만큼이나
많아지자, 이를 본 공자의 제자 상계(常季)가 못마땅해하며 말했다.
"선생님, 왕태 그 자는 제 몸도 병신인데 누구를 가르칠 수
있겠습니까. 제가 보기에는 하찮은 소인배에 불과한데
어찌 제자가 되기를 청하는 선비들이 모여들까요.
선생님께서는 그 자의 됨됨이를 아십니까?"
공자는 벌써 왕태에 대한 소문을 듣고 있었다.
그가 비록 발목이 잘렸지만 능히 성인 군자의 영역에 들어갔음을
간파한 후여서 공자는 그를 추어올린 다음 이렇게 말했다.
"그 분은 우주 자연의 질서와 원리를 깨우쳤으며 눈앞에 알찐거리는
사물에 대해서도 흔들림이 없고 세상사 모든 변화를 받아들여 도를
근원으로 삼아 통달하신 분이다. 그러므로 우리들처럼 눈으로
보는 것, 귀로 듣는 것 등에 대해서는 전혀 관심을 기울이지 않으며
정신은 오로지 아름다움의 숲에서 놀게 하고 모든 사물을 바라보는
안목은 손해나 이익을 떠나 있다. 그렇기 때문에 그가 발목을
잘린 일은 마치 한줌의 흙을 내다 버린 것으로 여길 것이다."
상계는 그때부터 왕태에 대한 좋지 못한 생각들을 접어 두었다.

그러나 발목이 잘린 올자로서 많은 사람들에게 공경을 받는 것에 대한
의문은 풀지 못했다.
그 점을 공자가 말했다.
"그 분은 여하한 일을 당하거나 보든지 간에 결코 마음의 평정을
잃은 적이 없다. 이를테면 그 분 마음에 고요함이 있다고나 할까.
대개 사람들은 자신의 모습을 보려 할 때에
정지되어 흔들림 없는 물에 비추어 보려 할 것이다.
이것과 마찬가지로 언제까지나 흔들림 없는 마음 자세를 간직하는
자만이 다른 사람에게 평안을 줄 수 있는 것이다."

스스로 의를 택한 석사

초나라에 석사라는 사람이 있었다. 그는 소왕을 보필하여 올바르게
법을 집행했기 때문에 그의 명성은 나라 안에 널리 퍼졌다.
재상이라는 높은 지위에 있으면서도 교만하지 않고 남을 업신여기는
일도 없었다. 소왕 역시 석사의 말이라면 팥으로 메주를 쑨다 해도
믿을 정도로 신임하여 무엇이나 의심하는 일이 없었다.
하루는 석사가 백성들의 생활을 살피기 위해 거리에 나갔을 때였다.
멀지 않은 곳에서 살인 사건이 일어났다는 말에 석사는
급히 그곳으로 향했다. 그런데 범인은 놀랍게도 그의 아버지였다.
"자, 어서 나를 잡아가거라. 내가 어쩌다가 사람을 죽였구나."
아버지가 두 손을 내밀자 석사가 말했다.
"아닙니다. 어서 집으로 돌아가십시오.
모든 일은 제가 알아서 처리하겠습니다."
석사는 아버지를 안심시켜 집으로 돌아가게 한 후
급히 궁으로 돌아와 스스로 감옥에 들어갔다. 그리고 즉시 소왕에게
사람을 보내 자신의 아버지가 살인범임을 보고하였다.
석사는 소식을 듣고 달려온 소왕에게 말했다.
"제 아버지가 살인을 했으니 마땅히 중벌로 다스려야 하나
그렇게 되면 저는 불효를 저지르게 됩니다.
그렇다고 법을 무시하고 벌을 내리지 않는다면
나라에 불충한 일이 되니 저를 사형에 처해 주십시오."

"그대가 범인을 추적했지만 잡지 못한 것이다.
그러니 이제부터는 지난 일을 잊고 예전처럼 나라일에 힘쓰라."
석사는 감격하여 그 자리에 무릎을 꿇어 엎드렸다.
"왕의 높으신 도량은 무어라 말할 수 없습니다.
그러나 소신은 그 말에 따를 수가 없습니다. 부친에게 사사로운 정을
두지 않으면 불효가 되지만, 왕의 법을 지키지 않으면 불충이 됩니다.
왕께서 저의 죄를 용서해 주시는 것은 은혜를 내리시는 것이지만
법을 지키는 것은 저의 본분입니다."
말을 마친 석사는 허리에 찬 칼을 빼어 스스로 목을 찔러
죽음을 택하였다.

부모에게 걱정을 끼치지 말라

조선 인조 때에 대제학을 지낸 조석윤(趙錫胤)은 부모의 뜻을
한번도 거스른 적이 없었다. 그는 집이 시흥에 있었기 때문에
조정에 나갈 때에는 한강을 건너야 했다.
어느 해 여름, 유난히 비가 많이 내려 한강이 범람했다.
조석윤이 조정에 나가기 위해 집을 나간 지 얼마 되지 않았을 때,
이웃 사람이 그의 아버지에게 와서 말했다.
"아침 나절에 영감님 아드님이 탄 배가 한강을 건너다 뒤집혔답니다.
장마비에 물이 불어나 한 사람도 살지 못했답니다."
그러나 조석윤의 아버지는 태평하게 말하였다.
"나는 평소 내 아들이 신중하게 일을 처리하는 것을 보아 왔소.
내 아들은 무사할 것이오."
그의 아버지 말처럼 과연 조석윤은
오후 늦게 무사히 집으로 돌아왔다. 그가 말했다.
"저도 처음에는 그 배를 탔으나 배에 사람과 우마(牛馬)가 너무 많아
다음 배로 바꾸어 탔습니다."

욕심은 몸을 상하게 하는 칼날

광해조와 인조 때의 대신인 이원익(李元翼)은
선조 2년에 문과에 급제하여 승정원에서 정무를 보았다.
그는 성품이 워낙 고절하여 사치를 싫어하고 생활은 항상 검소했다.
광해군이 즉위하자 영의정에 올랐으나 왕대비의 폐위를
반대하여 홍천으로 귀양을 갔다가 인조 반정이 일어나
다시 영의정에 제수되었다.
인조는 그에게 광해군 시절 나라 안에서 온갖 부정한 짓을
자행한 무리들을 찾아내어 척결하는 임무를 맡겼다.
그러자 날개 꺾인 세도가들은 이원익의 환심을 사기 위해
온갖 수단을 동원하여 뇌물을 보냈다.
어느 재상가의 첩실은 보석으로 신발을 꾸미며 이원익의 첩에게
갖다 바치면서 자기 주인을 살려 달라고 청을 넣었다.
보석으로 만든 신발을 들고 이원익 앞으로 나간 첩은 신발이
자기에게 온 이유를 설명했다. 한동안 물끄러미 첩의 말을 듣고 있던
이원익의 눈에서는 눈물이 방울방울 떨어졌다.
"신하의 집에 이렇듯 귀한 보석이 있었으니 어찌 그 임금이
망하지 않을 수 있으랴. 한낱 첩실에게 이런 신발을 신겼으니
어찌 살기를 바라는가."
이원익은 그 신발을 당장 되돌려 주게 한 후
그 세도가에게 엄한 벌을 내렸다.

김염의 곧은 성품

명종 때의 인물 김염은 진사 문과를 거쳐 한림(翰林)에 발탁되었으나
워낙 청렴한 탓에 세도가들의 눈 밖에 나게 되었다.
그가 한산 군수로 쫓겨갈 무렵, 그 지방에는 괴질이 번져
많은 백성들이 목숨을 잃었다. 더구나 수령·방백들 역시 괴질에 걸려
목숨을 잃었기 때문에 감히 그곳으로 가려는 사람이 없었다.
김염이 한산 군수로 발령이 났다는 소문을 들은 그의 친구들은
살아 있을 때에 조문(弔問)을 왔다는 농담을 하며
그곳에 부임하는 것을 극구 말렸다. 그러나 김염의 뜻은 완강했다.
"사람의 생사야 하늘에 달린 것이 아닌가. 아무리 한산 땅에
괴질이 돌기로서니 감히 나를 죽이지는 못할 것이네."
김염은 오히려 세도가들을 안 보게 되어 잘 되었다는 듯 서둘러
한산 땅으로 떠나 버렸다. 부임한 직후 김염은 역귀(疫鬼)를 몰아내는
축문을 읽었다. 그것이 효험이 있었는지 아니면 병이 사라질 때가
되었는지 한산 땅에서 괴질은 서서히 사라졌다.
그러자 이번에는 권세가들의 서찰이 전해졌다. 한산 땅에서 나는
고기를 비롯한 산나물 등의 특산물을 보내 달라고 성화였다.
김염은 참다 못해 그들에게 편지를 썼다.
"고기라는 것은 물 속에 있고 산나물은 깊은 산속에 있는데,
어부가 아닌 나로서 어찌 고기를 잡아 보낼 수 있으며 아낙네가
아닌데 어찌 깊은 산에 들어가 나물을 뜯어 보낼 수 있겠습니까."
김염은 그 길로 벼슬길을 박차고 나와 다시는 벼슬길에 나가지 않았다.

중이 된 이지란

이지란(李芝蘭)은 본래 여진 사람으로 태조 이성계를 무척 괴롭혔던
변방의 용사였다. 그러던 그가 이성계의 인품에 감복되어 그의 휘하
장수가 되었다가 나중에는 조선의 개국 공신이 되었다. 그는 말을
타고 들판을 달리며 활을 쏘았는데 무엇이건 백발백중이었다.
한 번은 이성계와 이지란이 길가에서 쉬고 있을 때였다.
시골 아낙네가 물동이를 이고 가자 이성계가 돌 하나를 휙 날렸다.
동이는 구멍이 나 순식간에 물이 쏟아졌다. 그러자 이지란이 진흙을
뭉쳐 물동이를 향해 던졌다. 진흙 덩이는 정확하게 뚫린 구멍에 박혔다.
이성계가 조선을 세우고 점차 그의 벼슬이 높아지자
그는 물러나기를 자청했다.
"소신은 지금까지 크고 작은 싸움터에서 많은 장수들을 죽였습니다.
어진 임금을 만나 이토록 벼슬이 높아졌으나 마음속에는
소신이 죽인 사람들의 원성이 남아 있습니다.
지금부터라도 소신의 손에 죽은 자들의 원혼을 달래려고 합니다."
이지란은 다음날 아무도 모르게 집을 나와 절에 들어가
머리를 깎고 중이 되어 자신에게 화를 당한 사람들의 원혼을 달래고자
날마다 불공을 드렸다.

임금의 친척을 벌준 이내

이내는 고려말의 대유학자인 이존오(李存吾)의 아들로,
조선초 제2차 왕자의 난 때 공을 세워 태종의 신임을 받았다.
그가 대사헌(大司憲)으로 있을 때, 태종의 사촌인 이백온이 자기 집
여종의 남편을 죽인 사건이 일어났다. 일이 시끄러워지자 태종은
왕명으로 이백온의 죄를 감해 주려고 했으나 이내의 주장은 완강했다.
"예전에는 임금의 아버지가 살인을 하면 군왕의 권한으로도
용서할 수 없었습니다. 그런데 어찌 이백온의 죄를 용서할 수
있겠습니까. 살인을 하였으니 마땅히 그에 상당한 벌을 내림이
옳은 일입니다."
평소 이내의 성격을 너무 잘 알고 있던 태종은 할 수 없이
이내의 주장대로 이백온을 귀양 보내도록 명했다.
호위를 엄하게 한 이내는 이백온의 몸을 꽁꽁 묶어
귀양지에 도착할 때까지 풀어주지 않았다. 그 사실을 안 태종은
불같이 화를 냈다. 감히 군왕의 사촌에게 그렇듯 불손한 짓을 한 것은
용서할 수 없다고 펄펄 뛰었다. 태종은 곧 이 일에 참여한 지평 이흡을
하옥해 버렸다. 소식을 들은 이내가 태종에게 아뢰었다.

"이백온의 형도 고려 때에 사람을 죽였으나 큰 벌을 받지 않았습니다.
이번에 이백온마저 벌을 내리지 않는다면 백성들은 임금께서 뒤를
봐주기 때문이라고 믿을 것입니다. 소신이 이흡에게 그를 묶어
보내라고 한 것은 도망갈 염려가 있는 탓에 그리한 것이지
왕실 척족이기 때문에 그렇게 한 것이 아닙니다.
종친을 욕보이려는 것이 아니라 그렇게 하는 것이 군왕의 곁에
시종하는 신하의 도리인 것입니다."
이내는 끝끝내 자신의 주장을 굽히지 않았으며
결국 태종은 이흡을 방면해 주었다.

나무 기둥과 함께 술을 마시다

중종 때 인물인 고형산(高荊山)은 병사(兵事)의 일에 밝은 사람이었다.
그는 배가 불룩 튀어나오고 체구도 몹시 커 보통 사람들의
두 배는 먹어야 식욕을 채울 수 있었다. 평소 그는 무슨 음식이든
가리지 않고 먹었다. 더군다나 술이라면 밤을 새워 마실 만큼
그 양을 헤아릴 수 없었다.
하루는 고형산이 아전에게 명했다.
"내일 내가 아는 사람이 고을 수령으로 부임한다고 하니
음식을 장만하여 술자리에 부족함이 없도록 하라."
다음날 고형산은 모화관으로 가서 술 좌석에 앉았다.
한동안 어울려 술을 마시는데 아전이 달려왔다.
"오늘 고을 수령으로 나가는 사람은 없고
대신 만호(萬戶)로 임명된 이가 급히 부임지로 떠났다고 합니다."
그 말을 들은 고형산이 즐겁게 껄껄거렸다.
"맞다 그 친구다. 너무 황망중이라 나와의 약속을 잊었나 보구나.
가만, 이미 차려 놓은 음식이니 어쩌겠느냐.
우리끼리라도 먹을 수밖에!"
사실 처음부터 고형산은 친구와 만날 약속이 없었다.
그는 두 통의 술을 아전들과 마시고 나머지 한 통을
큰 기둥 옆으로 가지고 가서 술을 권하는 시늉을 했다.
"자, 이 집 주인인 당신도 한잔 하시오."
그러는 중에 술통이 바닥나자 그는 얼근하여 집으로 돌아왔다.

너무 똑똑한 하인

조선 현종 때에 예조판서를 지낸 김좌명(金佐明)의 집에
최술(崔戌)이라는 하인이 있었다. 그 하인은 워낙 똑똑하여
어깨 너머로 글을 배우더니 문서 정리를 깔끔하게 잘 처리했다.
김좌명은 호조판서가 되자 그 하인을 아전으로 취직시켜 주었는데,
하루는 그의 어머니가 찾아와 아들을 파면시켜 달라고 졸랐다.
이유를 묻자 그 어머니가 말하였다.
"본시 그 아이는 성정이 아침 이슬처럼 고왔답니다.
집안이 가난할 때는 아침 일찍 일어나 집안 일을 거들었는데
요즘에는 부지런하기는커녕 교만하기가 이를 데 없고 윗사람을
공손히 대하지도 않습니다. 더구나 식사 때만 되면
반찬 투정을 하고 있으니 장차 앞일이 걱정입니다.
가난할 때는 형제간의 정이 따뜻한 줄 알더니 좀 넉넉해지자
사람이 달라져 버렸으니 부디 제 아들을 파면시켜 주십시오."
김좌명은 어머니의 소원대로 최술을 파면시켜 버렸다.

바둑알을 쌓아 올리는 일

송나라 때에 명제(明帝)가 3층 누각을 지으려고 이름난 장인(匠人)을
궁 안으로 불러들여 누각의 높이와 인접한 건물들을 축조하려 할 때에
왕후의 친척인 왕경문(王景文)이 그 일의 옳지 않음을 주청했다.
"지금 천하는 기근이 들어 민심이 흉흉하니 호화로운 건물을
짓는 것은 마땅치 않다"는 것이었다.
명제가 아니꼬운 듯 바라보자 왕경문은 가져온 열 개의 바둑알을
하나씩 쌓아 올렸다. 금방이라도 무너져 내릴 것 같은
위태로운 바둑알을 가리키며,
"누각을 짓는 것은 나라의 재정을 축내는 것이므로
마치 바둑알을 쌓아 올리는 것과 다름없다."
고 한 것이다.
명제는 누각 짓는 공사를 취소하고 말았다.

미고의 믿음

옛날 노나라에 미고라는 사람이 있었다. 그는 몹시 정직했으며
한번 약속을 한 것은 절대 어기는 일이 없었다.
어느 날 미고는 사랑하는 여인과 바닷가의 다리 밑에서 만나자는
약속을 했다. 약속 시간이 되기도 전에 그는 다리 밑에 가서
사랑하는 여인을 기다렸다.
그런데 어찌 된 셈인지 아무리 기다려도 여인은 오지 않았다.
미고는 나름대로 사정이 있겠거니 생각하면서 그 자리를 떠나지 않았다.
조수 때가 되어 물이 밀려왔으나 눈 하나 깜짝하지 않고 그 자리를
지켰다. 그러나 오리라고 생각했던 여인은 끝내 나타나지 않았다.
물이 점점 차 올라 미고가 그곳을 빠져나오려고 했을 때에는 이미
상황이 늦어 있었다. 미고는 밀려오는 물에 휩쓸려 목숨을 잃고 말았다.
이를 '미고의 믿음' 이라고 한다.

무덤에서의 휴식

공자의 제자 자공은 여러 해 동안 공자를 따라다녔으나
학문 연구에 큰 진전이 없었다. 자공은 이미 공부에
싫증이 나 있었으나 겉으로 내색을 하지 않은 터였다.
그러던 어느 날 자공은 더 이상 참을 수 없었던지 공자를 태운 마차가
산길을 지날 때에 넌지시 말문을 열었다.
"이제 저는 스승님 곁을 떠나 쉬려고 합니다."
"그 무슨 소리냐? 학문을 연구하는 중에 갑자기 쉬어야겠다니."
"저는 쉴 수도 없습니까?"
공자는 저 멀리 산등성이에 자리한 공동묘지의 무덤들을 가리키며
말했다.
"자공아, 저 무덤들을 보아라. 사발을 엎어놓은 듯한 저 언덕들이
보이지 않느냐. 우리가 언제고 죽게 되면 저기에 가지 않느냐.
그때에는 편안히 쉴 수가 있다.
그때까지는 학문 연구를 그치지 않아야 하는 것이다."

목숨을 구한 바른말

박안신(朴安信)은 정종 때에 문과에 급제를 하여 지평 자리에 올랐다.
그러나 태종의 사위 조대림이 잘못을 저지르자 이 일을 임금에게
알리지 않고 대사헌으로 있는 맹사성과 함께 심문을 하다가
태종의 노여움을 사게 되었다.
두 사람을 극형에 처하라는 명이 떨어져 형장으로 끌려가는 중에
박안신은 벌벌 떨고 있는 맹사성을 바라보며 일갈을 터뜨렸다.
"대사헌께서는 나의 상관이시지만 함께 죽게 되었으니
어찌 벼슬의 상하가 있을 수 있겠소. 나는 평소 그대를 지조가 있는
사람으로 여겼더니 겁쟁이가 아니오. 지금 형장으로 향해 가는
수레바퀴 소리를 들으니 기분이 어떻습니까?"
그러고는 즉시 나졸을 불러 기왓장을 주워 오게 한 다음
거기에 휘갈겨 썼다. 자신은 직책을 잘못 수행하였으니 죽음을 달게
받겠지만, 바른말을 하는 신하를 죽였다는 오명을 임금이 뒤집어쓸까
두렵다는 내용이었다. 그는 쓰기를 마치고 두 눈을 부라리며 말했다.
"이것을 임금께 전하라.
그렇지 않으면 나는 귀신이 되어서라도 네 놈을 해치겠다."
너무나 흉맹한 박안신의 서슬에 나졸은 그 글을 왕에게 바쳤다.
이때 정승으로 있던 성석린은 와병 중이었는데, 소문을 들은 즉시
궁에 들어와 박안신을 죽여서는 안 된다고 간언했다. 그 덕분에
박안신은 태종의 노여움에서 풀려나 목숨을 구할 수 있었다.

중종을 살린 영산군

영산군(寧山君)은 조선 성종의 열 셋째 아들로 이름은 전이다.
중종이 진성대군으로 있을 때, 하루는 연산군의 명으로
사냥을 가게 되었다. 평소 진성대군이 왕이 되리란 소문에
마음이 불편했던 연산군은 생각지도 않은 명을 내렸다.
"이곳에서 나는 동대문으로 들어가고 너는 남대문으로 들어가되
네가 나보다 궁궐에 늦게 도착하면 엄한 벌을 내리겠다."
명을 받은 진성대군은 당황하여 어쩔 줄 몰라 했다. 그도 그럴 것이
진성대군의 말은 워낙 여윈 탓에 달리기가 형편없었다.
이때 옆에 있던 영산군이 소곤거렸다.
"형님, 걱정 마십시오. 제 말이 아주 날쌥답니다.
그러니 내 말을 타고 가십시오. 다만 그 말은 내가 몰지 않으면
말을 듣지 않으니 내가 마부 옷을 입고 말을 몰겠습니다."
영산군은 미친 듯이 말을 몰았다. 그 덕분에 진성대군은
연산군보다 먼저 궁에 들어와 화를 모면할 수 있었다.

농부의 밭가는 재주

맹상군은 자기 집에 식객들을 묵고 가게 하였으므로
언제나 그의 집에는 많은 사람들이 들끓었다.
그런데 그 가운데는 맹상군의 마음에 들지 않는 사람도 끼어 있어
맹상군이 그를 쫓아내려고 하자 상현(尙鉉)이 말했다.
"원숭이는 나무 위에서 온갖 재주를 부릴 수 있지만
일단 물 속에 들어가면 물고기의 재주는 따를 수가 없습니다.
아무리 천 리를 달리는 명마라 해도 늑대나 이리처럼 험한 산길을
달릴 수는 없습니다. 또한 아무리 활 쏘기의 명수라 해도
호미를 들고 밭갈이를 하면 농부의 솜씨를 따라갈 수 없습니다.
사람의 장점은 보지 않고 단점만을 본다면 요 임금이나 순 임금에게도
보잘것없는 점은 충분히 지적할 수 있습니다.
그러므로 군께서는 아무리 보잘것없는 재주를 가진 사람이라도
함부로 대해서는 안됩니다."

한 사람의 의인이 나라를 구한다

초나라의 사윤지가 사신으로 송나라에 갔다. 송나라 재상 자간은
사윤지를 자기의 집으로 데려가 잔치를 베풀어 주었다.
그런데 자간의 집이 남쪽으로는 이웃집의 담장이 들쭉날쭉 침범하고,
서쪽으로는 이웃집의 하수도가 방 앞을 흐르고 있었다.
이상히 여긴 사윤지가 물었다.
"재상께서는 무슨 연유로 이웃집 담과 하수도가 이렇듯
재상의 집을 침범하는 것을 그냥 두고 보십니까?"
"남쪽 집은 수레 끈을 만들어 생활을 하는 사람이 살고 있습니다.
내가 그 집을 비워 달라고 하자 그 사람이 말하더군요. '저희들은
조부 때부터 이곳에서 수레 끈을 만들며 살아왔습니다.
지금 제가 이곳을 떠나면 사람들은 제가 있는 곳을 모르기 때문에
수레 끈을 살 수 없게 됩니다. 또 저는 수레 끈을 팔 수 없게 되므로
가족들의 생계가 막연해집니다. 그러니 재상께서는 저의 생계 수단을
막지 말아 주십시오' 하여 그 집 사람들을 쫓아내지 못했습니다.
또 서쪽 집은 위치가 높고 이 집은 위치가 낮습니다.
물은 당연히 높은 곳에서 낮은 곳으로 흐르므로
굳이 이곳에 하수도가 지나가는 것을 탓하고 싶은 마음이 없습니다."
사윤지는 감탄했다. 얼마 후 사윤지가 돌아오자 초나라 왕은 군사를
일으켜 송나라를 치려고 하였다. 그때 사윤지는 옳지 않다고 간하였다.

"지금 송나라를 치시면 천하의 제후들에게 업신여김을 받습니다.
송나라 왕은 어질고 재상은 덕망이 높습니다. 백성들에게 신뢰를 받는
어진 왕을 정벌하는 것은 참으로 옳지 않습니다.
그러니 송나라를 치시면 안 됩니다."
초나라 왕은 송나라를 치려는 계획을 취소하고 말았다.

메뚜기에 비유하다

맹자의 제자 중에 광장이라는 이가 있었다.
어느 날 광장은 위나라의 왕이 있는 자리에서 대신 혜자(惠子)에게
메뚜기 같다고 하였다. 그러자 혜자는 몹시 불쾌하여 반문했다.
"그게 무슨 말이오?"
"농사를 짓는 농부는 메뚜기가 보이는 대로 잡아 죽입니다.
메뚜기가 농작물에 해를 끼치기 때문이지요. 당신이 나들이를 할 때에
많은 사람들이 그 뒤를 따릅니다. 농사는 안 짓고 당신만 따라다니니
메뚜기와 다를 바가 무엇입니까?"
이 말을 듣고 왕이 혜자에게 물었다.
"당신은 어떻게 생각하는가?"
"말싸움을 하고 싶지 않습니다."
"그렇다 하더라도 생각하는 바가 있을 것이니 말해 보라."
"성벽을 쌓는 일을 할 때 어떤 사람은 성벽에 올라가 일을 하고,
또 어떤 사람은 흙을 나르고, 또 어떤 사람은 성 아래에서 측량기를
잡고 일합니다. 저는 측량기를 가지고 있기 때문에 사람을
다스릴 수가 있습니다. 그러나 농부가 된다면 농부를 다스릴 수가
없습니다. 그런데도 광장은 무슨 이유로 내가 농부가 되어야 한다고
메뚜기에 비유를 한단 말입니까!"

누가 충고를 할 것인가

위나라 영공이 어느 날 신하들을 불러 모아 잔치를 베풀었다.
한창 흥이 화락해질 무렵 영공은 신하들에게
자신의 허물을 하나씩 지적해 달라고 명을 내렸다.
대부분의 신하들은 영공이 훌륭한 군주라고
입에 침이 마르도록 칭찬했다. 그러나 임좌라는 신하만은 달랐다.
"제가 보기에 왕께서는 어리석기 한량없습니다.
중산 땅을 빼앗았는데 그 아우를 대신하여 아들을 왕으로 삼은 것은
이치에 어긋나는 일입니다. 영공께서는 크게 잘못 하신 것입니다."
말을 마친 임좌는 영공의 얼굴 표정이 바뀌는 것을 보고
밖으로 나가 버렸다. 다음은 작황이라는 신하가 영공에게 말했다.
"왕께서는 참으로 어질고 슬기로우신 분입니다. 군왕이 어질면
신하가 바른말을 할 수 있다고 했습니다. 잠시 전에
임좌가 바른말을 할 수 있었던 것은 왕께서 어질기 때문입니다."
영공은 그 말을 듣고 기뻐했다. 즉시 임좌를 불러오라고 말하자
작황이 말했다.
"지금 임좌는 밖에 있을 것입니다. 모름지기 충신은
충성을 다하면 죽음을 두려워하지 않는다고 했습니다.
임좌는 반드시 왕께서 내리시는 벌을 피하지 않을 것입니다."
과연 작황의 말대로 밖에 나가 보니 임좌는 땅바닥에 꿇어 엎드려
있었다. 작황이 임좌를 데리고 들어가자 영공은 자리에서 일어나
그를 맞아들였다.

허물은 감싸고 부끄러움은 드러내다

송나라의 언사(偃射)와 요빈(滕彬)은 덕이 많은 사람으로서
조정 안에서도 많은 사람들이 그들을 우러러보았다.
그러나 왕에게 충고할 때는 두 사람은 각기 다른 방법을 택했다.
언사는 사람이 없는 곳에서, 요빈은 많은 사람들이 모인 곳에서
거침없이 왕에게 충고했다. 왕은 이 점을 불쾌하게 생각하여
어느 날 요빈을 불러 놓고 언짢은 부분을 지적하였다.
"내가 그대의 충고를 무시해서 그러는 것이 아니오.
또 그대의 충고를 듣기 싫어서 그러는 것도 아니오.
다만, 그대는 어찌하여 많은 사람이 모인 곳에서 충고를 하는 것이오.
언사는 아무도 없는 곳에서 조심스럽게 말을 하지 않소!"
요빈이 대답했다.
"언사는 왕의 부끄러움은 감싸드리지만 허물은 감싸드리지 않습니다.
그러나 저는 왕의 허물은 감싸드리지만 부끄러움은 감싸드리지
않습니다. 사람은 본시 부끄러움을 드러내지 않으면
허물을 고치지 않습니다. 그런 이유로 많은 사람 앞에서
왕의 허물을 들춰 내는 것입니다."

마음을 비추는 거울

송나라에 양화(陽華)라는 이가 있었다. 그는 왕의 신임이 두터워
아침마다 비단 신발에 비단 옷을 걸치고 돌아다녔다.
어느 날 양화는 밖에 나갔다가 비를 흠뻑 맞고 돌아왔다.
그는 집에 돌아온 즉시 하인을 불러 말했다.
"내 모습이 어떠냐?"
"대단히 훌륭하고 아름다워 보입니다."
양화는 방에 들어와 자신의 모습을 거울에 비춰 보았다. 그러나 그의
모습은 아름답고 훌륭하기는커녕 몹시 추레하고 볼품없었다.
거울에 비친 자신의 모습을 바라보며 양화는 한숨을 몰아쉬었다.
"저 하인은 내가 군왕의 총애를 받고 있기 때문에 나의 볼품없는
모습을 보고도 훌륭하고 아름답다고 말한다. 내 처지가 이럴진대
지금 궁 안에 있는 왕은 얼마나 많은 사람으로부터 아첨을 받겠는가.
무릇 군왕은 어진 사람을 거울로 삼아야 할 것이다.
겉모습을 비추는 유리나 구리 거울은
결코 사람의 속마음을 비추지는 못할 것이다."

솔직한 마음은 상대를 감동시킨다

어느 날 미자추(彌子秋)는 능사(能史)라는 하인을 데리고
사냥을 나갔다. 아침 일찍 수레를 몰고 숲속을 가고 있는데
앞에서 새끼 사슴 한 마리가 껑충대며 뛰어왔다.
미자추는 새끼 사슴의 다리를 쏘아 맞췄다. 그는 사슴을 능사에게
주면서 수레를 몰고 먼저 집으로 돌아가게 하였다.
그날 오후 집으로 돌아온 마자추는 능사에게 새끼 사슴을
가져오라고 말했다. 그런데 능사는 이미 그 새끼 사슴을
어미가 있는 숲속에 놓아주고 왔다고 하였다.
"어미 사슴이 너무나 구슬피 울며 수레를 따라오지 뭐겠습니까.
그래서 할 수 없이 새끼 사슴을 어미 품에 돌려보냈습니다."
미자추는 몹시 화를 내며 능사를 쫓아내 버렸다.
그런데 얼마 후 미자추가 다시 능사를 불러들여
아이들 시중을 들게 하자, 많은 사람들이 그 이유를 물었다.
"내가 능사를 쫓아낸 것은 주인인 내 말을 따르지 않았기 때문이네.
그러나 지금 다시 그를 불러들인 것은 새끼 사슴을 가엾게 여겨
어미에게 돌려보낸 갸륵한 마음씨 때문이네. 그렇듯 선량한 사람에게
내 아이를 맡기면 소중하게 돌볼 것이 아니겠는가."

성인의 용기

공자가 여행 중에 광이라는 곳에 이르렀을 때,
갑자기 나타난 송나라 사람들에게 겹겹이 포위되고 말았다.
그러나 공자는 조금도 두려워하는 기색이 없이 거문고를 타며
노래를 불렀다. 그때 성질 급한 자로가 스승에게 따지듯 말했다.
"아니 선생님, 위험에 직면했는데 거문고만 뜯고 계시면
어떻게 합니까?"
공자는 부드럽게 말했다.
"어서 이리 오게. 사람은 세상을 살아가면서 어려운 일을 만나게
마련인 게야. 그러나 그 어려움을 굳이 피하려고 해서는 안 되지.
산속에서 호랑이와 같은 맹수들 만났을 때에 피하지 않고 활을 쏘는
것은 사냥꾼의 용기일세. 칼날 앞에서 죽음을 두려워하지 않는 것은
의로운 이의 용기이며, 뜻대로 되지 않는 것을 자신의 운명으로
받아들이며 두려워하지 않는 것은 성인의 용기지. 그러니 침착하게."
공자의 말에 자로는 고개를 숙이며 생각했다.
과연 스승인 공자는 성인이 분명하다는 확신이었다.
그 뒤 얼마 되지 않아 송나라의 장군이 찾아와 극구 사과했다.
"저희들은 도둑의 괴수인 양호가 이곳으로 온 것으로 알고 포위를
했습니다. 참으로 죄송합니다. 저희들은 그만 물러가겠습니다."
공자는 비로소 자유로운 몸이 되었다.

문공의 약속

진나라 문공이 원나라를 정벌하러 나설 때였다.
문공은 병사들을 모아 놓고 말했다.
"우리가 원을 일 주일 안에 함락시키지 못한다면
모든 병력을 철수시키겠다."
그러나 문공은 일 주일 동안 성을 공격했지만 원을 함락시키지 못했다.
문공은 약속대로 휘하의 장수들을 모아 놓고 회군할 것을 지시했다.
그러자 적의 사정을 염탐하고 돌아온 병사가 말했다.
"지금 원은 항복하려고 합니다.
그러니 조금만 기다렸다가 공격하면 성을 함락시킬 수 있습니다."
그러나 문공은 단호하게 거절했다.
"설령 그럴 수 있다고 해도 나는 공격하지 않겠다. 원정을 나올 때
병사들과 약속을 했었다. 일 주일 안에 원을 접수하지 못했으니
돌아가는 것이 마땅하다. 병사들과의 약속은 어느 것과도 바꿀 수 없다.
그러므로 설령 일주일을 더 기다려 원을 얻는다고 해도 이 믿음이
지켜지지 않는다면 나라를 얻는 것보다 더 큰 보배를 잃는 것이다."
문공은 더 이상 지체하지 않고 철수했다.

다음 해에 문공은 원을 정벌하기 위해 병사들을 이끌고 나갔다.
문공은 병사들에게 약속했다.

"이번에는 원을 정벌하고 돌아오겠다."

소식을 들은 원에서는 중신들이 모여 회의를 열었다. 막강한 힘을
자랑하는 진나라에 대항하는 것보다는 항복하자는 쪽으로
의견을 모았다. 원이 문공에게 항복했다는 소식이 들려 오자
위나라에서는 진 문공은 믿음이 깊은 분이라고 감탄했다.

토끼, 나무에 부딪치다

초판 1쇄 1999년 2월 10일 발행

엮 은 이   최갑
펴 낸 이   나병식
펴 낸 곳   풀빛미디어
주   소   서울시 서대문구 북아현3동 176-87 능안빌딩3층
전   화   363-6970 363-5995
팩   스   393-3858
출판등록 1998년 1월 12일 제 13-518

하이텔·천리안·나우누리 ID pulbitco

값 6,000원
잘못된 책은 바꾸어 드립니다
ISBN 89-88135-19-9 03810